三围一联围棋教程

（下）

冯地山　刘洋　著

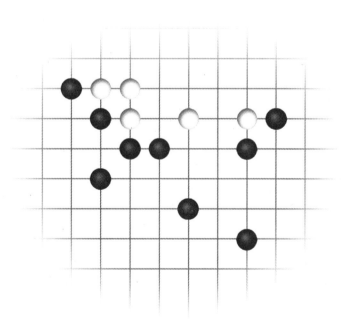

中国财富出版社有限公司

图书在版编目（CIP）数据

三围一联围棋教程. 下 / 冯地山，刘洋著. —北京：中国财富出版社有限公司，
2023. 8

ISBN 978-7-5047-7974-8

I . ①三… II . ①冯… ②刘… III . ①围棋—教材 IV . ① G891.3

中国国家版本馆 CIP 数据核字（2023）第 157991 号

| 策划编辑 | 张彩霞 | 责任编辑 | 张红燕 李小红 | 版权编辑 | 李 洋 |
| 责任印制 | 梁 凡 | 责任校对 | 张营营 | 责任发行 | 杨恩磊 |

出版发行	中国财富出版社有限公司		
社　　址	北京市丰台区南四环西路 188 号 5 区 20 楼	邮政编码	100070
电　　话	010-52227588 转 2098（发行部）	010-52227588 转 321（总编室）
	010-52227566（24 小时读者服务）	010-52227588 转 305（质检部）
网　　址	http://wwwcfpress. com.cn	排　　版	诸城亮点广告有限公司
经　　销	新华书店	印　　刷	潍坊鑫意达印业有限公司
书　　号	ISBN 978-7-5047-7974-8/G•0795		
开　　本	710mm×1000mm 1/16	版　　次	2023 年 9 月第 1 版
印　　张	34	印　　次	2023 年 9 月第 1 次印刷
字　　数	353 千字	定　　价	98.00 元（全 3 册）

序　言

　　围棋是中华民族宝贵的文化遗产，是人类文明的重要载体。围棋是学习如何"赢"的技术，也是陶冶性灵、涵养气质、完善人格的首选方式。

　　正所谓"古今豪杰辈，谋略正类棋"。历史记载的许多帝王将相、文人雅士都是围棋高手，今天，围棋已成为很多有志之士的高雅追求。他们借助"对弈"这种"头脑体操"拓展战略思维、提高智识层次，通过"对弈"这类"沙盘推演"砥砺意志、提升博弈能力。但，若仅仅将围棋理解为"竞争"亦不全面，围棋作为天地之道，更崇尚和谐。那些灿若晨星的围棋大师，在风云变幻的棋局中，面对来势凶猛的"截杀"，和风细雨般"腾挪闪移"，自由挥洒，举手弹指间，于广袤的世界里谋求身体与灵魂、自己与他人、个体与自然的和谐。一千个人眼里有一千局棋，也许，这正是围棋的魅力。

　　教育部、国家体育总局 2001 年下发了《关于在学校开展"围棋、国际象棋、象棋"三项棋类活动的通知》，这极大推进了围棋教育普及工作，让围棋走进千千万万青少年的世界。2022 年高考作文 (全国新高考 Ⅰ 卷) 让考生以围棋术语"本手、妙手、俗手"为素材立意作文，体现了了解围棋文化、提升围棋素养对于当代青年的重要性。

当前，围棋在新时代正展现出盎然勃发的生命力，各种围棋类书籍如雨后春笋般应势而生。目前，主流围棋书籍大致分为两类：一类由知名专业棋手编写，严谨精密，注重专业技能的提升；另一类由从事一线教学的围棋爱好者编写，简明活泼，突出趣味性和普及性。这两类书籍皆为推进我国围棋教育事业作出了显著贡献。

随着围棋教育的迅速开展，人们对相关教材的思想性、系统性、实操性的要求愈来愈高。肩负发展围棋事业的强烈责任感、使命感，我们挖掘、反思、梳理、归纳20余年围棋教学实践中的得失利弊，去粗取精，充分论证，大胆尝试，推出了这套《三围一联围棋教程》。

这套教材贯穿着一条主线：下围棋就是对弈双方以围地更多为战略目的，通过一系列战略运筹和战术配合，采取精准的战役手段来实现各阶段、各局部之目标并取得最终胜利。沿着这条主线，《三围一联围棋教程》构建了一个简明扼要、系统清晰的逻辑框架，让那些初次接触围棋的人也能对围棋知识的全貌一目了然，对为什么要学、学什么、怎样学做到心中有数。这套教材是一张通往"围棋天地"的引路地图！

在教材前面我们提供了课程逻辑思维导图和教学顺序列表，教师在教学中对先讲哪些、后讲哪些可以了然于胸，既有纲目性的指引，又给予教师灵活发挥的广阔空间。教材开辟"对局展示"和"对局简评"专栏，记录学员学棋成长的每一步历程，有助于使用者温习过往课业，及时了解自己的学习进度。本套教材注重包容，使用者可以合纵连横，与各种风格的围棋教材补充使用。

"人间存弈道，烟雨总天晴。"回望20余年与围棋相伴的日日夜夜，内心充满了无限感慨，但更多的是感恩。在教材即将付梓之际，我们感谢围棋界同人、广大围棋爱好者对我们的提携、帮助与肯定。

感谢聂卫平老师、曹大元老师和华学明老师，在诸城的时间，他们给了我们高屋建瓴的指引。

感谢湖北省体育局棋牌运动管理中心的谭东旗主任，2011年我们有幸在武汉受教于他关于围棋作为竞技教育、文化艺术的讲话，坚定了我们回归围棋教育本原的信心。

感谢来自全国各地广大围棋爱好者的大力支持，这些是我们矢志不渝推广围棋教育的不竭动力！

尽管我们在这套教材上倾注了大量心血，仍不免挂一漏万。恳请方家、使用者提出宝贵意见，以便后续完善。

冯地山

2023 年 8 月

三围一联围棋教程 逻辑思维导图

围吃 战术手段

吃子方法
- 打吃、长、提、禁入点
- 常用吃子方法
- 劫争与打二还一
- 滚打与包收

死活常识
- 眼与活棋
- 死活基本型
- 做眼与破眼
- 死活计算

对杀常识
- 双方无眼的对杀
- 有眼和无眼的对杀
- 双方有眼的对杀
- 长气的方法

要子与废子
- 棋筋
- 弃子整形
- 弃子转换和取势
- 弃子争先

围地 战略目的

围地常识
- ★ 金角银边和三线四线
- ★ 占角的位置和边的发展
- ★ 行棋基本步法
- ★ 布局常识

常用定式
- ★ 星定式
- ★ 小目定式
- ★ 三三定式
- ★ 高目与目外定式

常用布局
- ★ 中国流布局的攻防
- ★ 三连星布局的攻防
- ★ 对角布局的攻防
- ★ AI 对传统布局思路的启发

官子常识
- ★ 官子的类型
- ★ 官子的计算
- ★ 官子的手筋
- ★ 收官的次序

围 攻
战略运筹

- **判断与定位**
  - 大小与缓急
  - 形势判断
  - 攻击与防守
  - 打入与侵消

- **作战的方法**
  - 接触战常识
  - 出头与封锁
  - 攻击的方法
  - 攻防的手筋

- **作战的目的**
  - 攻击围空
  - 攻击扩张
  - 以攻为守
  - 牵制与压迫

- **作战的时机**
  - 前期准备和试应手
  - 局部与全局得失判断
  - 行棋次序和攻防节奏
  - 保留余味和后续手段

联络分断
战术配合

- **连接与切断**

- **联络的方法**

- **分断的方法**

- **选择与配合**

三围一联围棋教学顺序

入门班：

1. 围棋基本规则（打吃、长、提、禁入点）

2. 常用吃子方法

3. 连接与切断

4. 眼与活棋

教练 _____   年   月   日

初级班：

1. 劫争与打二还一

2. 死活基本型

3. 做眼与破眼

4. 围地常识

教练 _____   年   月   日

中级班：

1. 对杀常识

2. 要子与废子

3. 滚打与包收

4. 常用定式

教练 _____   年   月   日

三围一联围棋教学顺序

高级班：

1. 布局攻防
2. 联络分断
3. 死活计算
4. 官子常识

教练 ＿＿＿＿＿　　　年　月　日

高段班（3段及以上）：

1. 判断与定位
2. 作战的目的
3. 作战的方法
4. 作战的时机

教练 ＿＿＿＿＿　　　年　月　日

目 录（下册）

三围一联之围攻→战略运筹

三围一联之围攻——→战略运筹

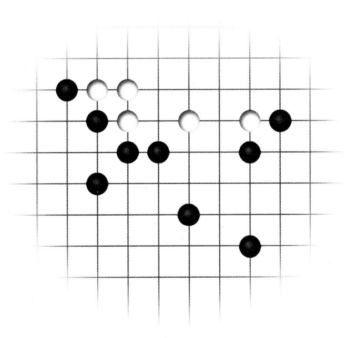

第一章 判断与定位

第1节 大小与缓急

对局中每步棋都需要考虑价值大小的问题，有时候不能单从围地的角度来判断，应结合全局多方面进行分析，在战略上还存在着轻重缓急，这就需要在大小与缓急之间做选择。

例题图 1

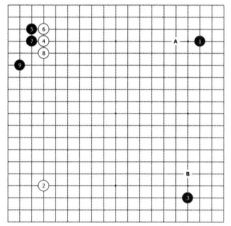

同样的一步棋，会因为周围的配置关系使其价值发生变化。如图，轮白棋下，如果考虑到一步棋所带来的后续影响，A、B两处的挂角价值就会有差别。

例题图 1-1

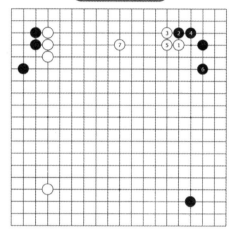

白1在右上挂角，黑棋如果按图中定式进行，至白7，白棋在完成定式的同时还与左上三子形成配合，其价值效率比较充分。白1若在右下挂角，在子力配合上就没有图中直观。

例题图 2

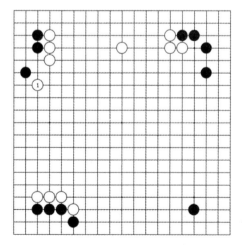

能够延续子力配合的棋价值往往都很大。本图的局面白棋外围子力较多，白1飞使上下白棋遥相呼应，价值巨大。

例题图 2-1

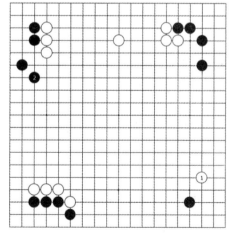

白1挂角也是大场，若考虑到模样的发展，白1似乎不着急，黑2尖是好点，阻扰白棋连片同时还瞄着打入上方，黑2价值明显。

例题图 3

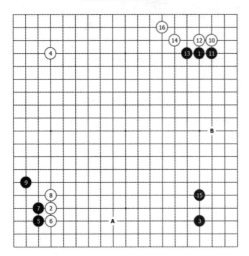

本局面轮黑棋下，下边和右边都是引人注目的大场，由于周围的配置关系，A、B两点之间的价值也会有差别。

例题图 3-1

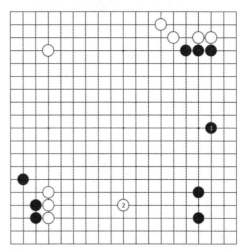

黑1占右边的大场，有助于发展自己，白2占据下边大场，阻扰黑棋发展下边，同时还有助于照顾左下白棋。

例题图 3-2

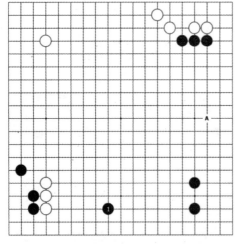

黑1占据下边大场，不仅有助于发展自己，还对左下白棋构成压力，本图黑1的价值属性较A位更丰富。

例题图 4

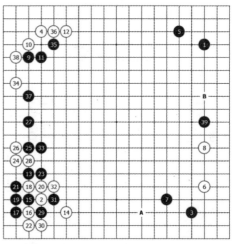

本局面轮白棋下，下边A位逼和右边B位的打入都是大棋，但还有一处关系到双方根据地的作战要点更为重要。

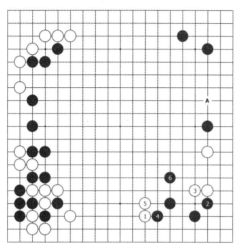

例题图 4-1

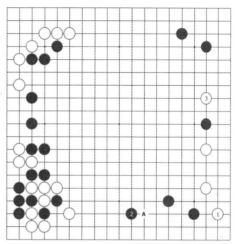

例题图 4-2

白1在下边逼是大场，黑2尖是关系到双方根据地的要点，以下进行至黑6，右边白棋处于不安定状态，A位的打入就会受其牵制。

白1飞事关双方根据地，在此局面价值巨大，下一步若再A位逼过来，黑棋受攻，黑2拆不能省，右边白棋安定了，白3就可以放心地打入。

小结：棋的价值大小取决于子力的配合，孰轻孰重、孰缓孰急需要结合局面判断。

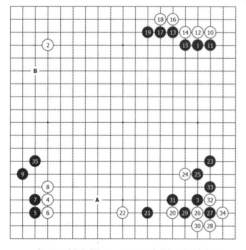

练习题 1

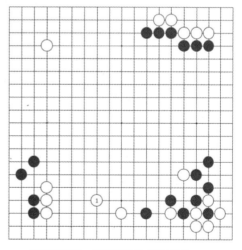

参考图 1

本局面轮白棋下，A、B白棋如何选择？

白1是本手，强化下边为当务之急。

参考图2

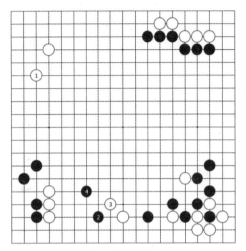

　　白1守角是大场，但黑2打入严厉，白若3位尖，黑4飞，黑棋生动。

练习题2

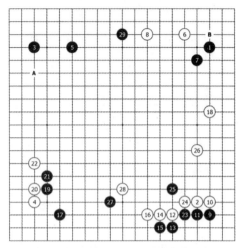

　　本局面轮白棋下，A、B白棋如何选择?

参考图1

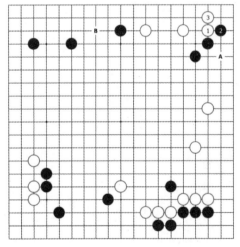

　　白1、3建立根据地，瞄着A位的攻击和B位的打入。

参考图2

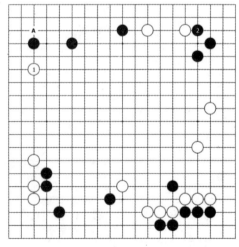

　　白1是大场，瞄着A位侵角，但黑2事关双方根据地，价值巨大。

练习题 3

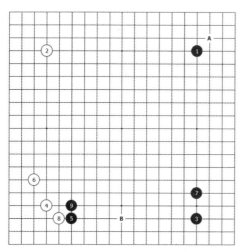

本局面轮白棋下，A、B白棋如何选择？

参考图 1

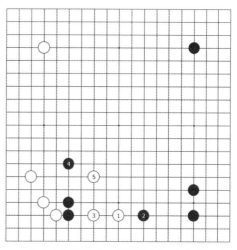

白1夹击是要点，黑2反夹与白作战，白3、5保持攻势。

参考图 2

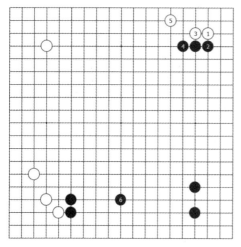

白1点"三·三"是大场，但黑6在下边连片也很满意。

练习题 4

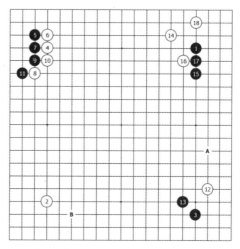

本局面轮黑棋下，A、B黑棋如何选择？

参考图1

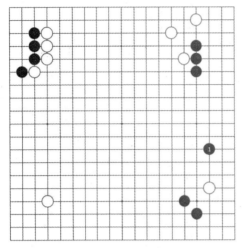

黑1夹击右下白子的同时声援右上黑子，黑1价值明显。

参考图2

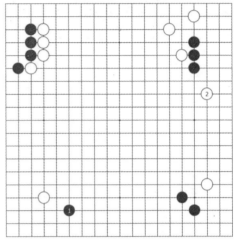

黑1挂角是普通大场，白2是好点，夹击右上黑子的同时声援右下白子。

练习题5

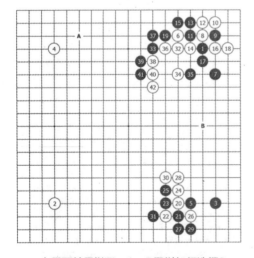

本局面轮黑棋下，A、B黑棋如何选择?

参考图1

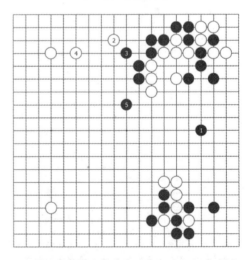

黑1强化右上为当务之急，白2、4占领左上，黑5出头舒畅。

参考图2

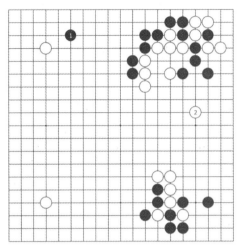

黑1挂角也很大，但白2夹击，右上黑棋很被动。

练习题6

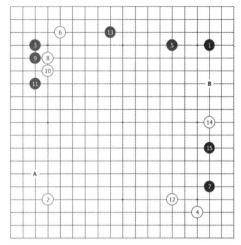

本局面轮白棋下，A、B白棋如何选择?

参考图1

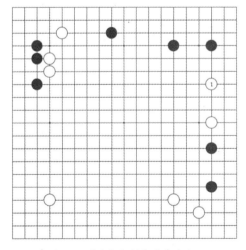

白1拆二，建立根据地为当务之急。

参考图2

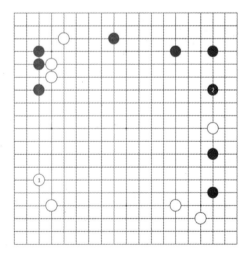

白1守角是大场，但黑2既强化右上角，又使右边白子孤立。

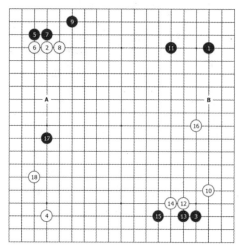

本局面轮黑棋下，A、B黑棋如何选择?

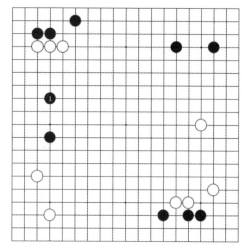

黑1拆二，既强化自身，又给左上白子施加压力。

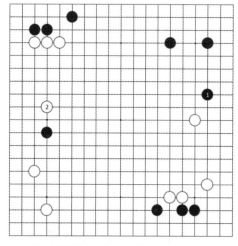

黑1拆兼逼是大场，但白2既强化左上，又使左边黑子孤立。

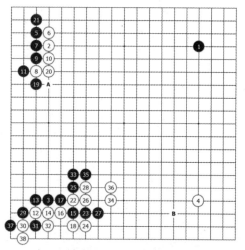

本局面轮黑棋下，A、B黑棋如何选择?

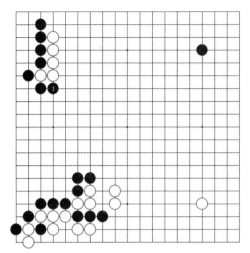

黑1贴，既扩大左边模样，又给左上白子施加压力。

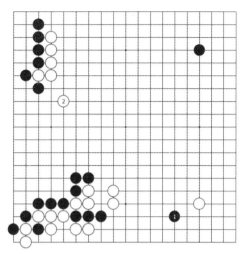

黑1挂角是普通大场，白2飞既强化左上，又压缩左边黑棋模样。

第2节 形势判断

如果不作形势判断，就可能在优势之下铤而走险，或处于劣势仍然四平八稳，棋局就会稀里糊涂地结束，因此形势判断是必不可少的。形势判断就是为了让优势转化为胜势，在劣势中破釜沉舟，可以说，形势判断是把握行棋方向和分寸的重要基础。

空的概算

例题图1

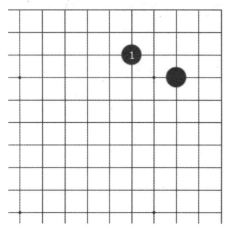

如图，黑1小飞守角，基本确定了角上的地盘，接下来就可以对这个角进行空的概算。

例题图1-1

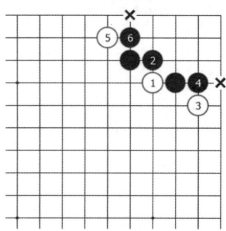

本图是为了便于理解黑棋地盘边界线所作的假设，白1进行至黑6以及×位确定了边界线，黑棋角空概算为11目。

例题图2

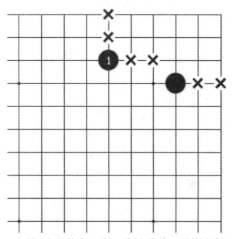

黑1大飞守角，以×为边界线，黑棋角部地盘概算约为13目。大飞较小飞守角速度更快但形薄。

例题图2-1

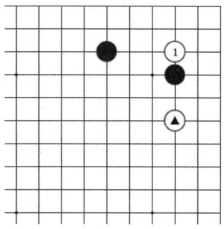

例如▲白子接近后，白棋有在1位碰等手段。

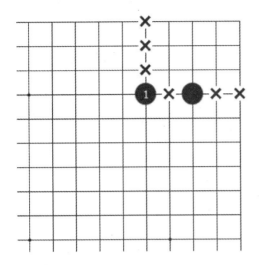

例题图 3

黑1单关守角，角部概算约12目，黑1四线行棋，侧重于势力发展，从围地的角度看没有三线扎实。

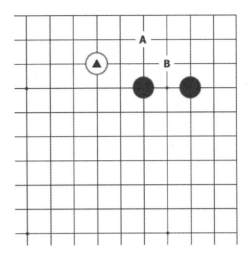

例题图 3-1

以后▲白子接近时，就存在白A或B位等侵角手段。

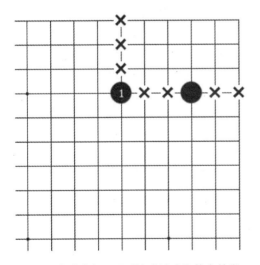

例题图 4

黑1大跳守角，同时追求速度和势力的发展，但棋形较薄，若再以×为边界线进行概算则勉强，不过此角大致可以概算为十来目。

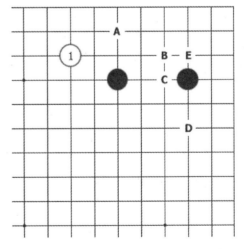

例题图 4-1

以后白1接近时，就存在白A、B、C等侵角手段。或者白1在D位逼近后，留有E位等手段。

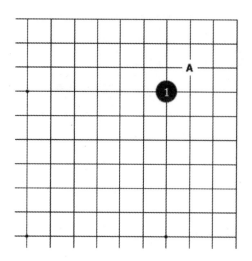

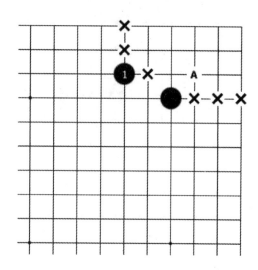

黑1星位，因A位存在被点"三·三"，所以不适用目数概算，星位更注重于势力的发展。

即使黑1小飞守角，仍然存在A位被点"三·三"等可能，若以×为边界线概算则勉强。

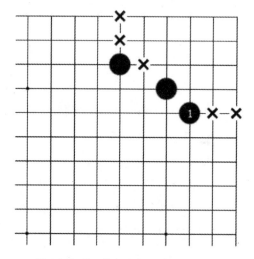

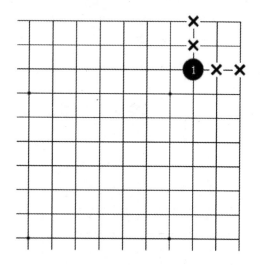

黑1小尖后，基本确定了角部的地盘，黑棋角部概算为17目。

黑1占据"三·三"，虽处于低位，但从围地的角度上看很扎实，概算为4目。

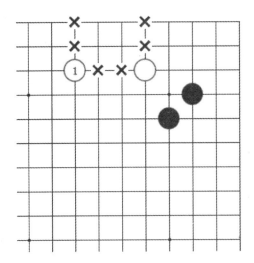

白1拆二坚实，通常是为了安定，围空的效率并不高，概算为4目。

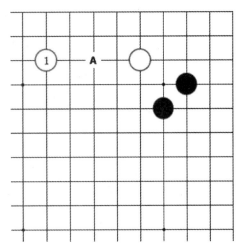

白1拆三重视速度，因存在A位的打入，所以不适用作目数概算。

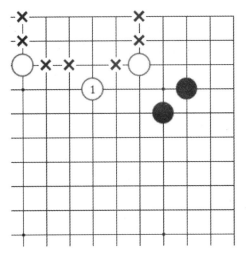

本图白1补棋后就可以进行目数概算了，白棋地盘约为9目。

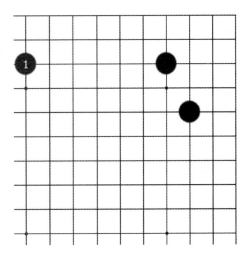

黑1以小飞守角为背景拆边，角部为实利，但边部存在被打入而不适用目数概算。在战略上需要黑1拆边，不能单从目数上判断好坏。

先 手 权

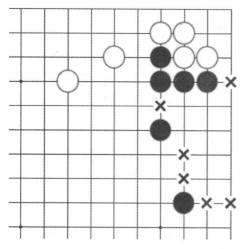

本图黑棋地盘若概算为10目就过于乐观了。

例题图 11-1

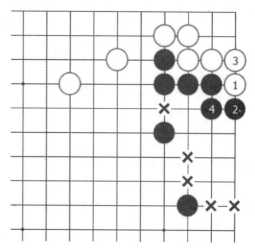

因白1、3扳粘是先手，黑2、4需要补棋，所以黑空约为8目。

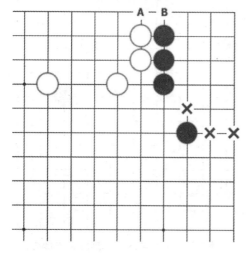

本图黑A或白B均是先手，权利相等，可视为双方下立进行概算，黑空约14目。

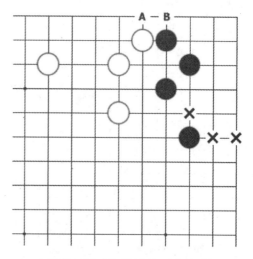

本图黑A或白B均是后手，权利相等，可视为双方下立进行概算，黑空约13目。

势的价值

例题图 14

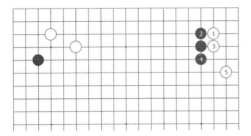

右上角白1点"三·三"至白5为实战常型，形成白地黑势的局面，相比实利，外势存在更多的不确定性，不适用目数概算，但外势具有相当的潜力价值，且优劣需要结合周围的配置来判断。

例题图 14-1

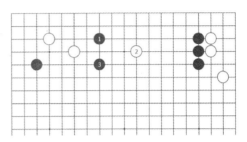

外势的发挥通常需要充分的拆边来配合，黑1拆兼逼是充分的，白若2位阻止黑棋连片，黑3跳也将白棋分割形成战斗，理论上外面棋子多的一方作战有利。

例题图 14-2

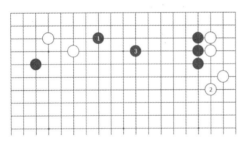

黑1时，白2脱先也有可能，如果黑棋愿意，黑3一带是可以围到地盘的。

例题图 14-3

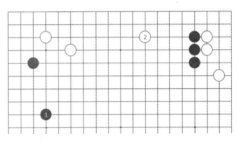

黑1若走在别处，白在2位一带行棋可起到阻碍黑外势发展的作用，黑外势发挥作用的难度就加大了。

例题图 15

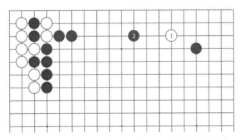

本图白1挂角，黑2夹攻，左上黑棋外势使夹攻的威力倍增，黑棋在这一带很有成空潜力。

例题图 15-1

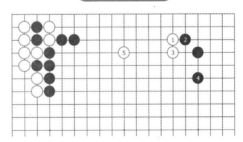

白1时，黑若2、4定型，白5拆边，较前图，黑左上外势不易发挥。

厚薄与强弱

例题图 16

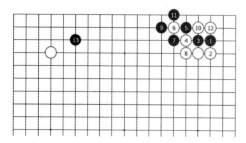

右上黑1点"三·三"以下进行至白12为实战常型，黑棋边上开花为厚形，接下来黑13就可以大踏步地发展。

例题图 16-1

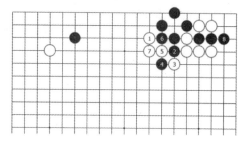

白若1位攻击，黑2、4出头，白5如果断，角部黑8出动就成立了，如此白棋不利。

例题图 16-2

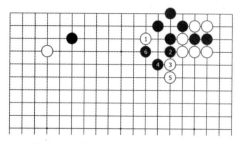

故黑4时，白5长，黑6虎，白棋没有达到攻击的效果，反使黑棋变强。

例题图 17

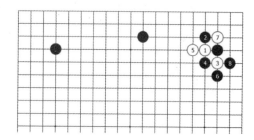

本图白1碰为AI代表性下法，黑2以下进行至黑6时，白若7位打吃，黑8提子开花，理论上开花所波及的范围越广其价值威力越大。若在中腹开花其价值威力有30目之说。

例题图 17-1

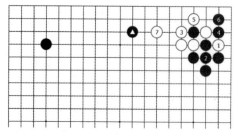

白1打吃，黑2粘，白3、5虽也提子开花，由于△黑子的存在，白棋这块棋并不强，黑6长，白7就需要补棋，并且这块白棋以后仍然可能被攻击。

例题图 17-2

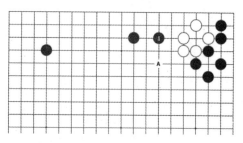

前图白7若脱先，被黑1逼过来，白棋就是受攻状态，若再被黑A封锁将有死活问题。

例题图 17-3

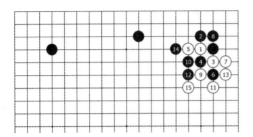

　　如图进行至黑6时，白7长是正着，以下进行至白15为一型。白棋在右边很有发展潜力，黑棋的实利也很可观，结果双方均可接受。

例题图 18

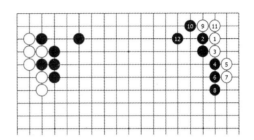

　　右上白1点三·三是以前的定式，AI认为白9、11与黑棋的交换应保留，因为黑10、12形成的虎口使外势变得更为强大了。

例题图 18-1

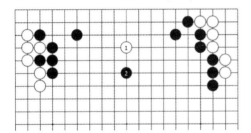

　　白1侵入时，由于黑棋很厚，黑2可以大张旗鼓地攻击，白棋苦战。

例题图 18-2

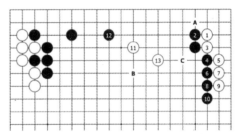

　　黑8时，AI推荐白9爬或脱先，重点是保留A位扳避免使黑棋变厚。黑棋没有前图强大，白11时，黑若B位攻击，白棋不怕。黑12采取稳健进攻，白13补强还瞄着C位的刺，本图与前图形成厚薄与强弱的鲜明对比。

全局形势判断

例题图 19

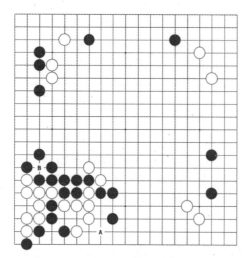

本局面轮白棋下，白棋左上和右下尚未确实，右上约5目，左下角黑A后白空内还需补棋，白棋角部约20目，白棋全盘合计约25目。黑棋上下两边未确实，右边拆二约4目，左上连边部约14目，B处提子2目，黑棋全盘合计约20目。以上分析目前是白棋优势的局面。

例题图 19-1

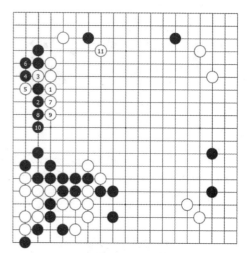

既然白棋优势，就应采取简明策略，纵观全局，白棋左上角尚未安定，是当前最需要解决的问题，白1以下进行定型强化自身，同时压缩左边黑棋，使局面进一步得到简化，至白11，白棋仍然保持着优势。

例题图 19-2

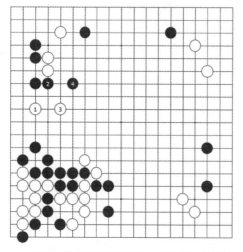

白若1位打入是在优势之下冒险，黑2贴起，白3逃，黑4追击，左上的白棋也麻烦了，如此局面变得混沌不清，白棋无趣。

例题图 19-3

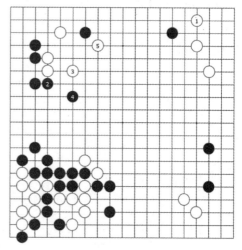

白1守右上角虽是大棋，但处理左上更为紧要。现在换位思考，黑棋形势不利，应竭力追赶，黑2、4进行可增加左边的地盘，与此同时白左上也得以强化，局面仍是白棋有利，黑棋还需另想办法。

例题图 19-4

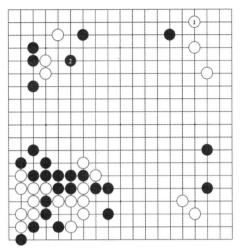

白1后，黑2飞是攻击白棋的强手，白棋要想获得安定需费一番周折，黑棋最大限度争取了翻盘的机会。

例题图 20

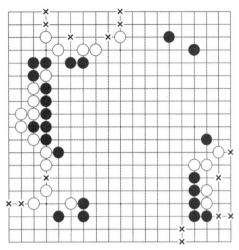

本局面轮白棋下，白棋上方约13目，左边约16目，右下约3目，白棋全盘合计约32目。黑棋右上约5目，左上约6目，右下约8目，黑棋全盘合计约19目。以上分析白棋虽然目数较多，但黑棋全局发展潜力大，加之右下白棋还未安定，局面白棋已不容乐观。

例题图 20-1

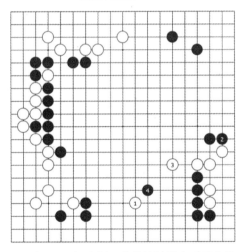

白1是一招大棋，若此处被黑走到围空很可观，但黑2攻击右下白棋，白3出头，黑4同时对两边的白棋施压，黑棋在攻击的过程不难获利。

例题图 20-2

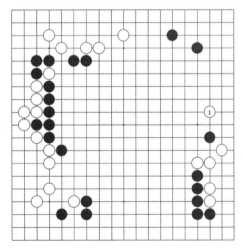

白棋虽形势不利，也要把握反超的时机，白1加强右下先稳住阵脚，等待合适的翻盘机会。

小结：

对局时每到一个阶段就应对实利、潜力、厚薄等作一个综合的形势判断，以此来确定之后的行棋方向和分寸，棋局会随着进程发生变化，所以要经常更新形势判断，直至终局。

练习题 1

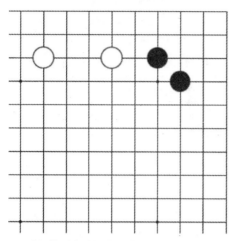

请概算黑白双方的目数。

参考图

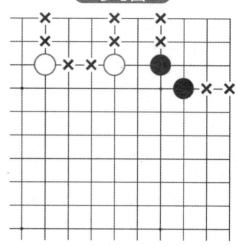

黑空约9目，白空约4目。

练习题 2

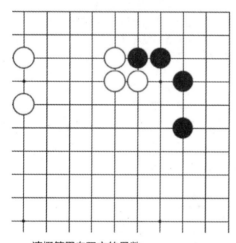

请概算黑白双方的目数。

参考图

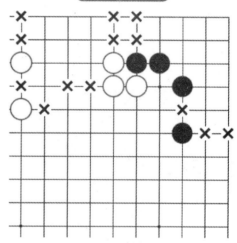

黑空约15目，白空约10目。

练习题 3

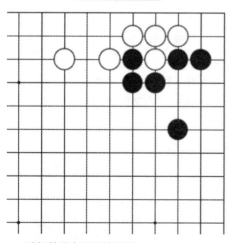

请概算黑白双方的目数。

参考图

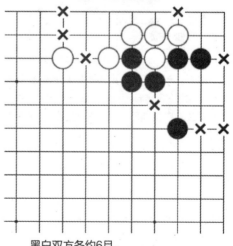

黑白双方各约6目。

练习题 4

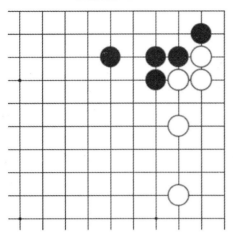

请概算黑白双方的目数。

参考图

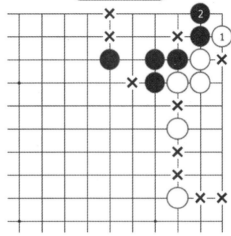

白1、黑2是白棋的先手官子，黑空约6目，白空约9目。

练习题 5

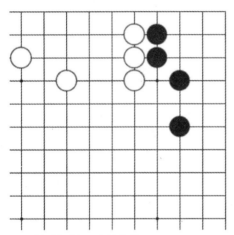

请概算黑白双方的目数。

参考图

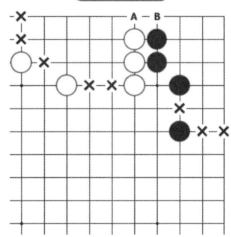

黑A或白B双方权利相等，黑空约13目，白空约11目。

练习题 6

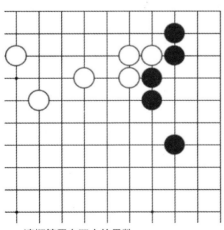

请概算黑白双方的目数。

参考图

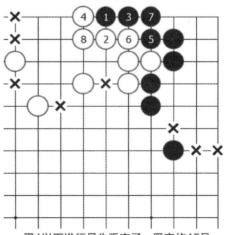

黑1以下进行是先手官子，黑空约15目，白空约10目。

练习题 7

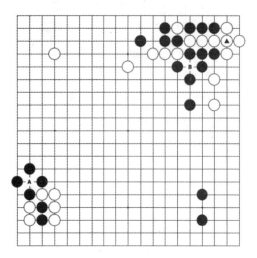

本局面轮黑棋下，A、B 两处为提子，▲ 处是白提子后粘的结果，目前形势如何?

参考图

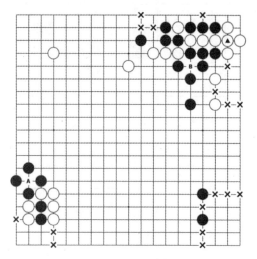

黑棋上方约6目，A、B各约2目，右下约12目，黑棋全盘合计约20目。白棋右上约6目，左下约10目，左上星位约5目，白棋全盘合计约21目。目前形势双方大致相当。

练习题 8

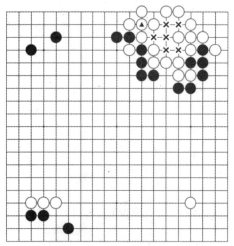

本局面轮黑棋下，▲处是白提子后粘的结果，×位是白棋的提子，目前形势如何?

参考图

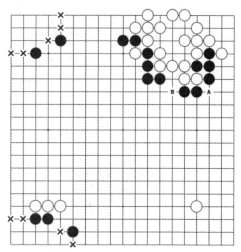

白棋右上约22目，右下星位约5目，白棋全盘合计约27目。黑棋左上约11目，左下约9目，黑棋全盘约20目。右上黑棋还有A、B两处断点，目前形势白棋有利。

第3节 攻击与防守

棋子作战时常面临攻击与防守的选择，当必要攻击时而采取了防守，很可能贻误战机，需要防守时却选择了攻击，也会操之过急。若要在攻击与防守之间做选择，判断是少不了的，接下来就对这一专题进行研究。

例题图1

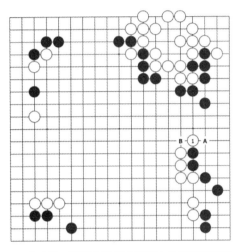

白1扳，接下来黑棋大致有A位扳和B位断两个选择，分别为攻击与防守。

例题图1-1

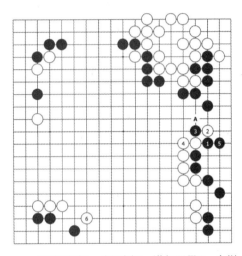

黑若1位扳，白2连扳，进行至黑5，白棋保留A位的味道于白6位飞扩张下方，局面白棋从容。

例题图1-2

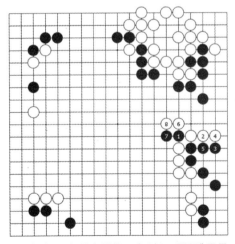

此时黑1断是必要的，白2长，黑3跳虽是形，但白4挡是先手，对上方黑棋将产生影响。

例题图1-3

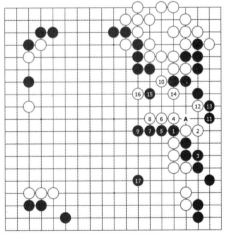

白2时，黑3不给白棋借用，白4出头时，黑5以下进行影响着下方白棋，白10扳，黑11瞄着A位断，白12补棋，进行至白16时，黑17再对下方白棋进行新一轮攻击。

例题图 2

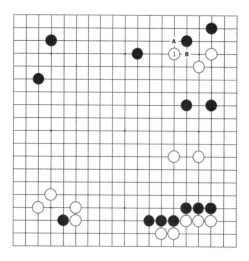

本局面白1飞，黑棋面临A位防守或B位攻击的选择。

例题图 2-1

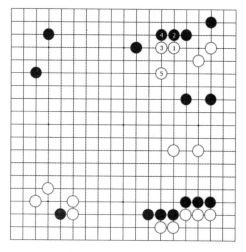

黑若2、4进行防守，白3、5出头，如此白棋轻松。

例题图 2-2

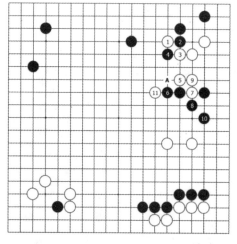

黑2、4冲断积极，白5碰是手筋，黑6长是本手，以下进行至黑10，白11顶是好棋，此时黑棋是否要在A位冲需斟酌。

例题图 2-3

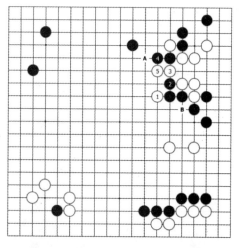

白1时，黑若2位冲，白3、5是出头的好步调，之后白棋将A、B两点视为见合，黑棋不利。

例题图 2-4

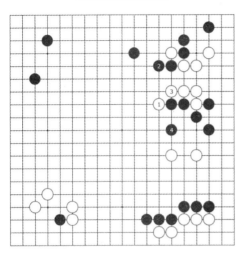

白1时，黑2是冷静沉着的防守，白3时，黑4继续强化自身，如此局面漫长。

例题图 2-5

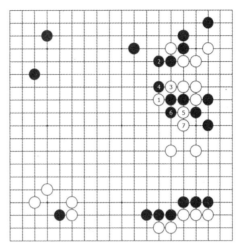

白3时，黑若4位断，白5、7进行，黑棋作战勉强。

小 结：

作战，时刻伴随着攻击与防守之间的选择，只有经过准确的判断和计算，才能作出相应的选择。

练习题 1

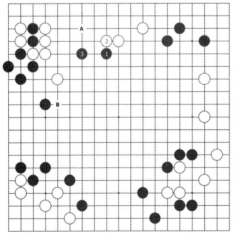

黑1、3侵消白棋，此时A、B白棋如何选择？

正解图

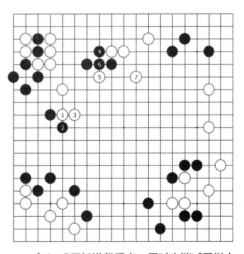

白1、3压长进行反击，同时也消减黑棋中腹的模样，黑4虎，白5、7保持攻势。

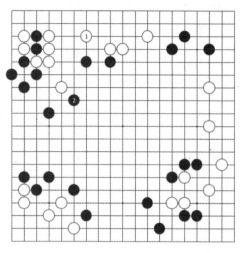

白若1位防守上边，黑2飞寻求联络的同时扩张中腹模样，黑棋生动。

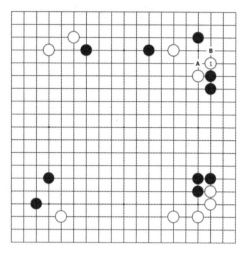

白1扳，下一步A、B黑棋如何选择？

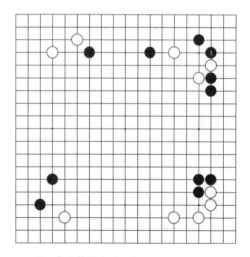

黑1夹联络是本手，局面漫长。

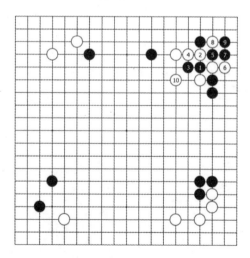

黑若1位断，白2以下进行至白10，白棋得到了强化，上方的黑棋变弱。

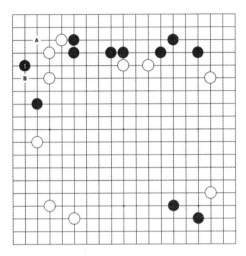

黑1飞，A、B两点白棋如何选择？

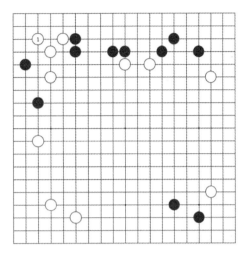

此局面白1位防守是本手，伺机攻击左边的黑棋。

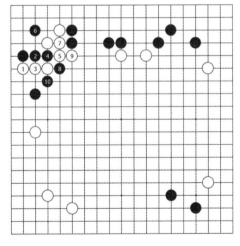

白若1位攻击，黑2、4将白棋冲断再黑6点角，以下进行至黑10，白棋不利。

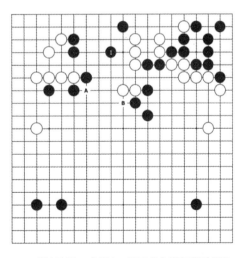

黑1补棋，之后A、B两点白棋如何选择？

正解图

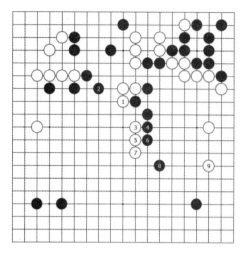

白1是本手，黑2补断，白3继续强化中腹，如此局面漫长。

参考图

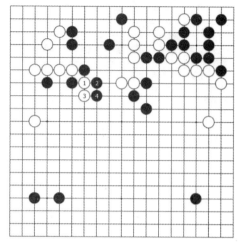

白若1位断，黑2、4冲出，右边的白棋很被动。

练习题 5

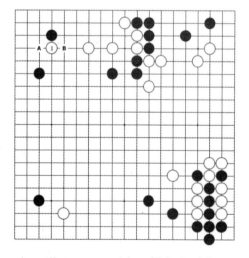

白1碰，A、B两点黑棋如何选择?

正解图

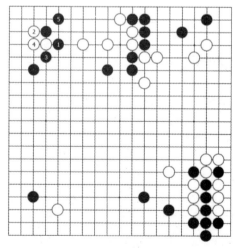

黑1攻击，白2是常用的腾挪招法，黑3、5应对，白棋左右两块棋想同时得到治理是困难的。

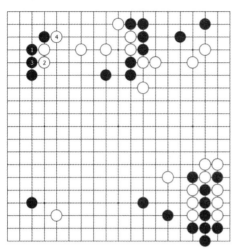

黑若1位守角，白2、4轻松得到强化。

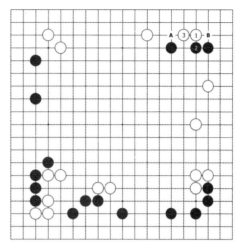

如图进行至白3时，A、B两点黑棋如何选择?

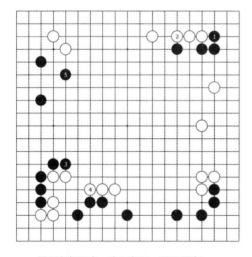

黑1防守正确，白2连回，局面漫长。

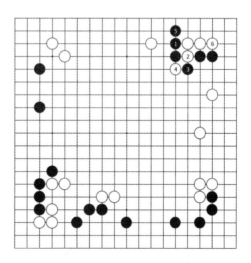

黑1若分断白棋，白2、4也将黑棋分断，黑5阻渡，白6占据"三·三"，周围白棋子力众多，作战黑棋不利。

第4节 打入与侵消

　　所谓"打入"，就是将棋子投放到对方的阵营里，其主要目的是破坏对方的地盘，从而给对方造成打击。被打入的一方往往会做出反击，并由此形成激烈的战斗。打入的种类繁多，在这里，列举一部分实战常见的打入棋型进行研究。

打　入

例题图 1

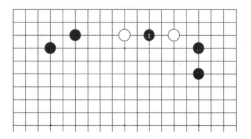

　　如图，白棋拆三，黑1将棋子投入进来，这步棋就是打入。它不仅是来破坏地盘，还有可能攻击到白棋。

例题图 1-1

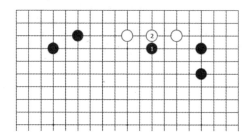

　　图中黑1走在这里不能称其为打入，白2可以继续围地。

例题图 1-2

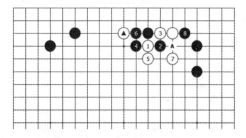

　　黑棋打入后，白棋如何进行有效的反击或防守是关键，白1希望盖住黑棋，黑2扳，白3断必然，黑4、6出头，▲白子被切断了，白7枷吃，黑8尖瞄着A位连出，如此白棋过于委屈。

例题图 1-3

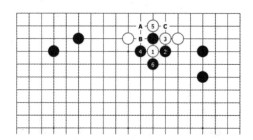

　　黑4时，白5若从二路寻求联络，黑6在外围开花，之后黑棋还有黑A、白B、黑C开劫的后续手段，白棋不利。

例题图 1-4

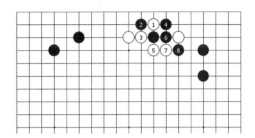

白1位托是先屈后伸的好棋，黑2扳，以下至白7，白棋通过舍弃二线一子使后面的棋子走在了外面。黑8断希望有更多的收获。

例题图 1-5

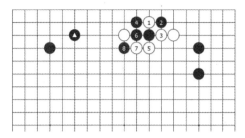

白1时，黑2扳的位置决定了黑8断的方向，由于△黑子的位置较远，相比前图黑8断的严厉性有所减弱。

例题图 1-6

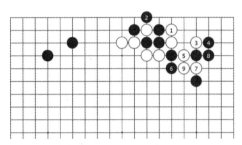

续例题图1-4，白1打吃，黑2提，白3是手筋，黑若4位扳就上当了，以下进行至白7，黑棋崩溃。

例题图 1-7

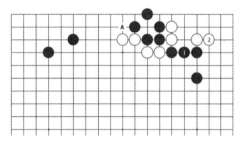

黑1是正着，白2活角，黑棋下一步需要支援上方黑子，如果走A位二路爬做活非高手所为。

例题图 1-8

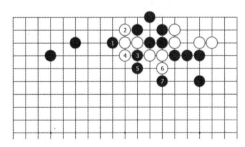

黑1顶是手筋，白若2位冲，黑3断，白4打吃，黑5长，白6时，黑7顶，白棋被吃。

例题图 1-9

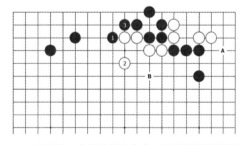

黑1时，白棋大致2位应，黑3再联络的形态好，将来A位是黑棋的先手利用，B位是攻击白棋的好点，黑棋的打入取得了成功。

小结：

1. 打入很可能引发战斗，应对打入后的变化有所预判。

2. 打入应结合局面的配置来考虑才会发挥效能。

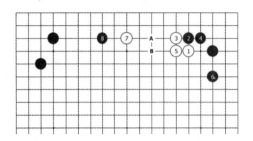

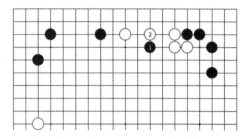

右上白1至7是定式一型，此后黑8逼近时，白棋选择了脱先，下一步A、B黑棋如何选择？

黑若1位，白2应，黑棋对白棋缺少有效的打击。

正解图1

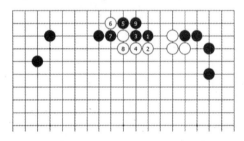

正解图2

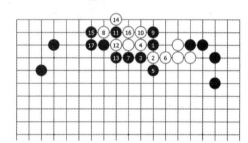

黑1是打入的要点，白2应，黑3顶取得联络，白6连扳给黑棋留下味道，至黑9为一型。

白2时，黑3扳是取外势的下法，至黑7时，白8托是手筋，黑9、11弃子将白棋进行封锁。

变化图1

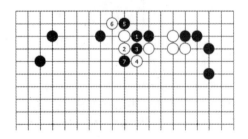

变化图2

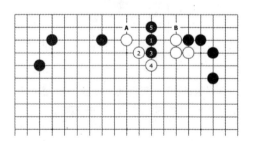

黑1时，白2企图阻黑联络，但黑3位冲给白棋制造断点，黑5扳，白若6位应，黑7断，白棋无以为继。

黑1时，白若2位尖，黑3给白棋制造断点后，黑5立是左右逢源的好棋，A、B两点黑棋必得其一。

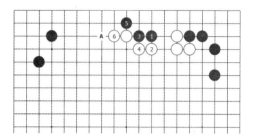

黑A位若无棋子做铺垫，黑1打入，白2
应，如图进行至白6，黑棋只能委屈求活，白
棋外围宽广，黑棋不利。

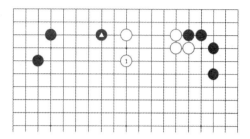

白若不愿被打入，△黑子逼近时，白1位
跳可以预防黑棋的打入。

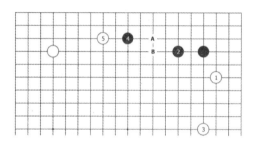

如图进行至白5，黑棋脱先，下一步A、B
白棋如何选择？

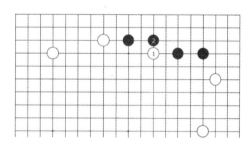

白若1位，黑2位联络即可。

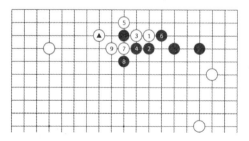

白1是打入的要点，黑2为常见应对，白
3、5以下与白△子取得联络，黑欲争先手，至
白9，白棋破坏了黑棋的地盘，同时自身实地
也有增加，且棋形变厚，白棋打入成功。

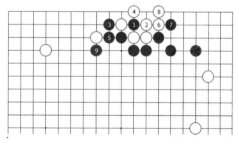

前图白7若脱先，黑1断，以下进行至黑
9，白棋被分断且两眼活棋十分委屈。

变化图 2

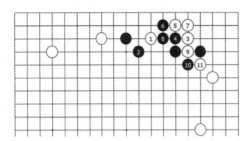

白1时，黑若2位尖，白3点是灵活的思路，黑若4位挡住，白5以下与黑棋形成转换，白棋有利。

变化图 3

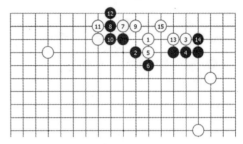

白3时，黑若4位粘，白5、7是组合拳，以下至白15获得安定。

练习题 3

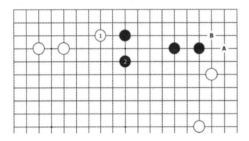

图中白1时，黑2强化了边部，白棋可以将矛头指向黑棋角部，A、B两点白棋如何选择？

参考图

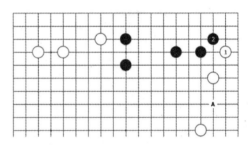

白若1位飞，黑2应，黑棋阵地得到了巩固，下一步瞄着A位打入白棋。

正解图 1

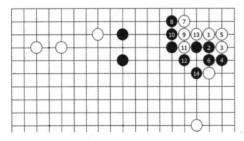

白1点三·三是打入要点，黑2应，白3时，黑4位扳是分断白棋的下法，白5、7也进一步破坏黑棋地盘，至黑14为一型。

正解图 2

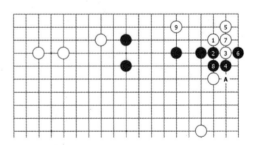

黑4时，白5位虎是另一种选择，被黑6打吃，以后会失去A位贴的借用，作为补偿，白9可以大飞。

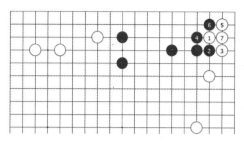

白3时，黑4是重视上方实地的下法，至白7为一型。

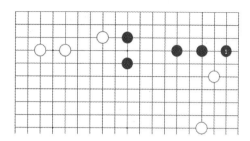

黑棋若有机会于1位跳守角价值巨大。

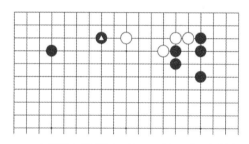

本图是实战常型，黑△子逼近时，白棋脱先，下一步黑棋如何打入？

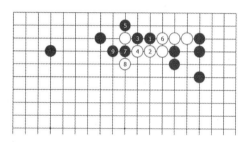

黑1是打入的要点，白2应，黑3、5取得联络，白6是争先手的下法，至黑9，黑棋夺取了白棋的根据地，同时自身的目数也有所增加，黑棋的打入取得了成功。

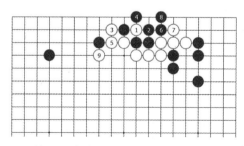

前图黑7若省略，白于1位断，以下黑棋两眼做活，白棋有利。

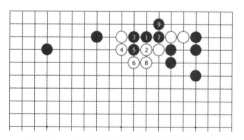

黑3时，白4位企图阻止黑棋联络，黑5冲给白棋制造断点再于7位断，至黑9，白棋角上两子被吃，外围还留有断点，黑棋有利。

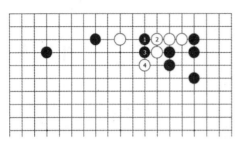

黑1时，白2粘是另一种应对，黑若3位贴起，白4位扳黑棋的二子头。

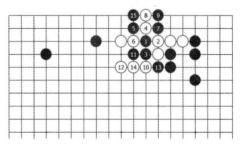

黑3时，白棋还有4、6扳断的可能，以下进行至白14，白棋通过弃子整形。

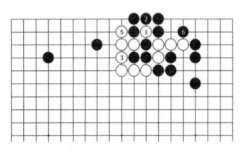

至黑6（黑4=白1），黑棋角地很大，白棋也很坚实，白棋外围能否发挥作用是选择本图的关键。

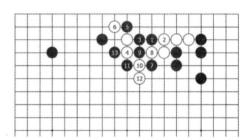

白2时，黑3顶是有力的下法，白4长，黑5、7是组合拳，如图进行至黑13，白棋崩溃。

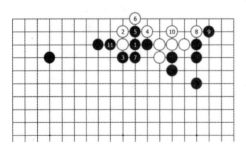

黑1时，白若2位立，黑3位扳，以下进行黑棋可将白棋压在低位。

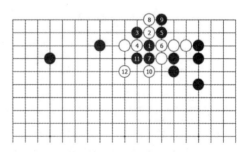

黑1时，白2位托也有可能，如图进行与参考图2大同小异。

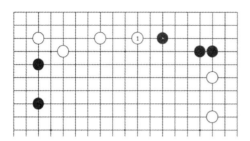

如图白1逼近时，黑棋脱先，下一步白棋如何打入？

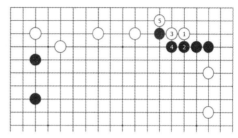

白1是打入的要点，黑2应，以下白棋取得联络。

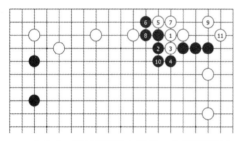

白1时，黑2试图阻白联络，白3以下至白11做活。

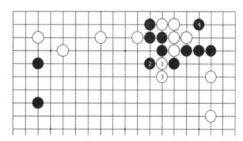

前图白9于本图白1断是激烈的下法，黑2、4应对，白棋五颗子虽然被吃，但白棋在外围将获得利用。

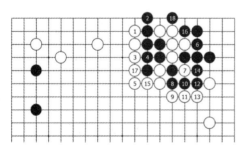

白1、3、5先将黑棋封锁，黑6紧气，白7位断深得弃子之要领，以下白棋外围先手利用，非常愉快。

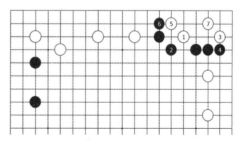

白1时，黑2若尖，白3是轻灵的构想，黑4应，白5先手利用。黑6应，白7轻松做活。

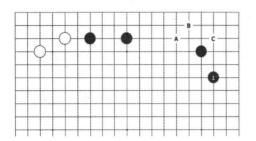

黑1星位小飞守角，白棋要打入黑阵，A、B、C如何选择？

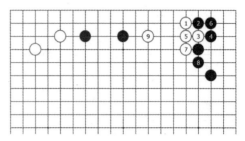

白1是打入的要点，因其坐标位置在"二·五"，又称"二·五侵分"。黑2守角，白3挖制造头绪，黑若4位应，以下至白9，白棋可以满意。

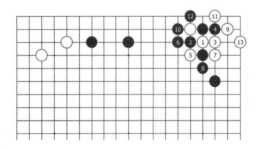

白1时，黑2、4打后贴是强手，白5、7应对后，白9若选择活角很小。

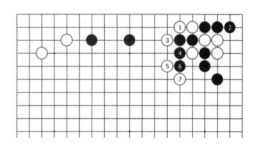

前图白9于本图白1爬是正着，黑2反击，白3打吃后，白5、7将棋子走在外面。黑棋的角地很大，白棋外围的棋子能否发挥作用是关键。

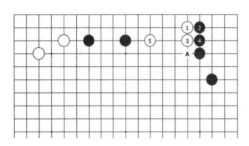

根据场合的需要，黑2时，白3长是简明的下法，与正解图比较，白棋少了A位的先手利用。

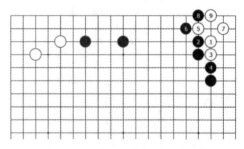

白1若点"三·三"，以下至黑6时，白棋只好7、9做劫抵抗，通常白棋不会选择本图。

练习题 7

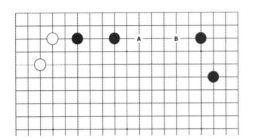

黑棋小目大飞守角是追求效率的阵型，白棋要打入黑阵，需要挖掘黑棋薄弱的一面，A、B白棋如何选择？

参考图

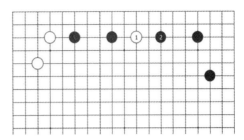

白若1位，黑2夹攻，白棋缺乏后续手段。

正解图 1

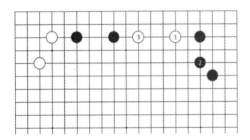

白1是打入的要点，瞄着黑棋大飞守角的薄味，黑2若强化角部，白3有拆二的余地。

参考图

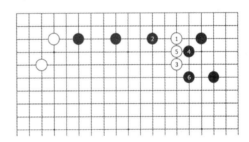

白1时，黑2夹攻，白3跳太平庸了，如此黑4、6持续攻击白棋。

变化图 1

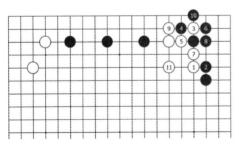

白1点是轻灵的腾挪，黑2应，白3托寻找头绪，黑若4位扳，白5断以下弃子整形。

变化图 2

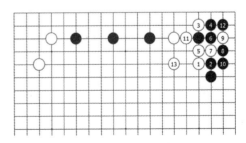

白3时，黑4应，白5顶，黑6粘，白7、9冲断试应手，黑若10位应，白11成为先手，白13再跳是好形。

变化图 2-1

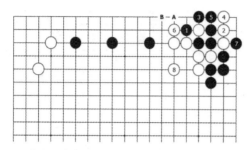

前图黑12若于本图1位打吃，白2、4、6先手利用，以后白棋还有A、B的先手利用，黑棋不利。

变化图 2-2

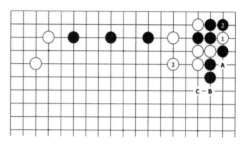

白1时，黑若2位打吃，白3补棋，以后白A打吃后在B、C一带留有借用。

正解图 2

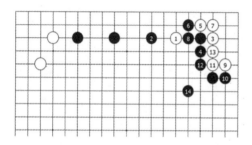

黑2时，白3在三·三碰是另一种选择，黑4长，以下白棋可以活角。

变化图

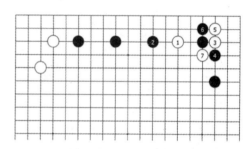

白3时，黑若4位扳，白5立，黑6阻渡，白7断可以进行腾挪。

练习题 8

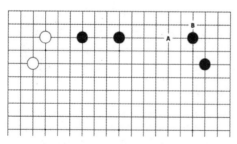

黑棋的小目小飞守角十分坚实，有"无忧角"的美誉，A、B白棋如何选择?

参考图

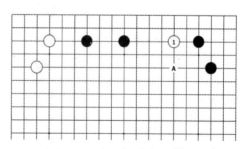

白1位打入缺少后续手段，黑棋将在A位攻击白棋。

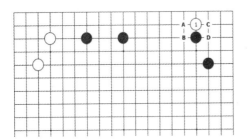

白1将棋子碰在黑棋上，希望通过借力寻找头绪，也是试探黑棋如何应对，黑棋大致有A—D四种应对。

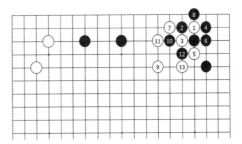

白1时，黑若2位应，白3断，黑打吃，白5、7是次序，白9轻灵，黑若10位断，白11、13轻处理。

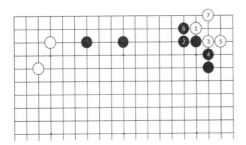

白1时，黑2长重视外面，以下进行白棋可以活角，由于白角活得并不大，通常白棋都会保留这个变化而脱先。

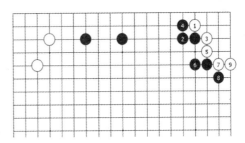

白3时，黑4拐是另一种选择，白棋可以如图进行活角，也可能保留变化而脱先。

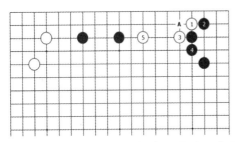

白1时，黑若2位扳，白3扳，黑4长，白5始终保持轻灵。黑4若A位断，将还原成变化图1。

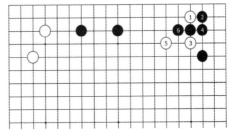

黑2时，白3夹也有可能，黑4应，白5跳轻灵，黑6防白棋虎下来，如此白棋达到了侵消黑棋的目的。

变化图 4

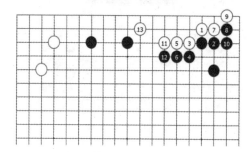

白1时，黑若2位退，白3扳，黑若4位扳，以下进行至白13，白棋获得安定。

变化图 4-1

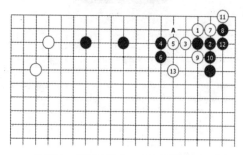

白3时，黑若4位夹，白5顶预防黑A位的刺，如图进行白棋不难处理。

侵 消

打入与侵消的意图相近，都是以减少对方的地盘为主要目的，相比较，打入是将棋子投入到对方阵地的深处，而侵消则是在对方阵地的边缘游走，当侵消不能满足时就需要考虑打入，而打入过于危险时又需要考虑侵消，因此在实战中打入与侵消是以形势判断为基础的。

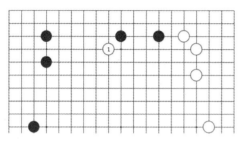

如图，白1将棋子投在黑阵的上方，这步棋就是侵消。白1走在这个位置围棋术语也叫做"肩冲"，是典型的侵消手法。

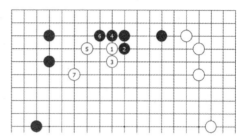

白1肩冲，黑若2位贴，白3就长，白棋始终跑在黑棋前面，黑若4、6围地，白5、7整形，白棋达到了压缩黑地的目的。

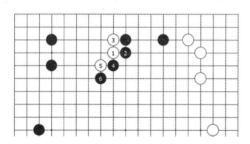

黑2时，白若3位贴下来，黑4扳白棋的二子头，白5时，黑6连扳，白棋不利。

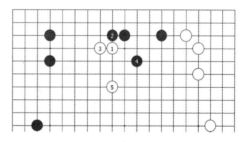

白1时，黑若2位爬，白3长继续将头走在黑棋前面，黑棋一直爬三线是不能满意的，黑4飞，白5大跳保持轻灵。

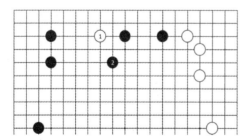

棋谚云：入界宜缓，对方阵势强大的时候，要把握进退的分寸。白1打入，黑2飞进行攻击，白棋陷入苦战。

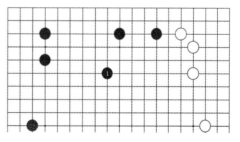

如果黑棋先下，黑1围一手会使模样进一步实地化，价值很大。

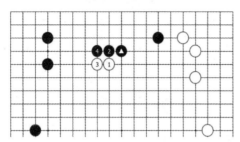

通常，肩冲多针对三线的棋，如图△黑子在四线时，白若1位肩冲，黑2以下四线围地很大。

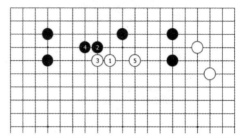

根据场合的不同，类似白1的侵消也很常见，黑2以下围地，这当然是白棋事先就判断好的，白棋已达到压缩黑棋模样的目的。

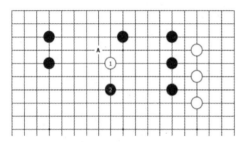

本图的局面白1时，黑也可能不在A位守，黑2对白棋进行反击。

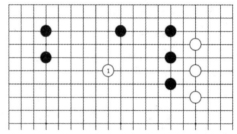

前图白棋如果没有把握，白棋就需要调整侵消的位置，如白1再远一路，像这种地方判断和感觉的成分比较多。

小结：侵消的主要目的是限制对方模样的增长，尤其适宜于对方子力较强的地方。

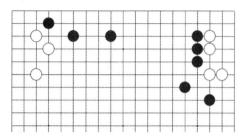

白先，如何侵消黑棋?

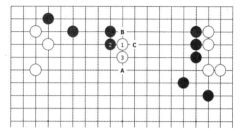

白1肩冲，黑2时，白3长或A位跳出头，黑2若B位爬，白C位长。

练习题 2

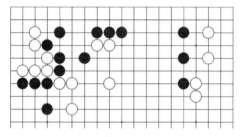

白先，如何侵消黑棋?

参考图

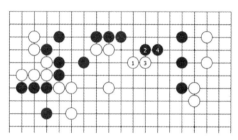

白1飞浅消黑棋，同时强化外部的白棋。

练习题 3

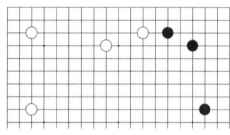

黑先，如何侵消白棋?

参考图

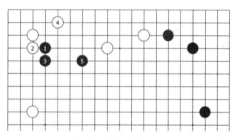

黑1肩冲消减白棋的模样，白2、4应，黑5保持轻灵。

练习题 4

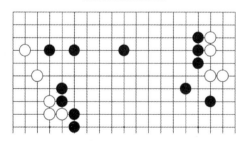

黑先，如何侵消白棋?

参考图

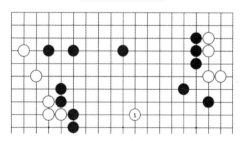

本图黑棋模样较为强大，白棋在1位一带侵消是感觉。

棋经十三篇

棋局篇第一

夫万物之数，从一而起。局之路，三百六十有一。一者，生数之主，据其极而运四方也。三百六十，以象周天之数。分为四隅，以象四时。隅各九十路，以象其日。外周七十二路，以象其候。夫棋三百六十，黑白相半，以法阴阳。局之线道，谓之枰。线道之间，谓之罫。局方而静，棋圆而动。自古及今，弈者无同局。《传》曰："日日新。"故宜用意深而存虑精，以求其胜负之由，则至其所未至矣。

得算篇第二

棋者，以正合其势，以权制其敌。故计定于内而势成于外。战未合而算胜者，得算多也。算不胜者，得算少也。战已合而不知胜负者，无算也。兵法曰："多算胜，少算不胜，而况于无算乎？由此观之，胜负见矣。"

权舆篇第三

权舆者，弈棋布置，务守纲格。先于四隅分定势子，然后拆二斜飞，下势子一等。立二可以拆三，立三可以拆四，与势子相望可以拆五。近不必比，远不必乖。此皆古人之论，后学之规，舍此改作，未之或知。《诗》曰："靡不有初，鲜克有终。"

合战篇第四

博弈之道，贵乎谨严。高者在腹，下者在边，中者占角，此棋家之常然。法曰：宁输数子，勿失一先。有先而后，有后而先。击左则视右，攻后则瞻前。两生勿断，皆活勿连。阔不可太疏，密不可太癙。与其恋子而求生，不若弃之而取势，与其无事而强行，不若因之而自补。彼众我寡，先谋其生。我众彼寡，务张其势。善胜者不争，善阵者不战。善战者不败，善败者不乱。夫棋始以正合，终以奇胜。必也，四顾其地，牢不可破，方可出人不意，掩人不备。凡敌无事而自补者，有侵绝之意也。弃小而不救者，有图大之心也。随手而下者，无谋之人也。不思而应者，取败之道也。《诗》云："惴惴小心，如临于谷。"

虚实篇第五

夫弈棋，绪多则势分，势分则难救。投棋勿逼，逼则使彼实而我虚。虚则易攻，实则难破。临时变通，慎勿执一。《传》曰："见可而进，知难而退。"又曰："执中无权，犹执一也。"

自知篇第六

夫智者见于未萌，愚者暗于成事。故知己之害而图彼之利者，胜。知可以战不可以战者，胜。识众寡之用者，胜。以虞待不虞者，胜。以逸待劳者，胜。不战而屈人者，胜。《老子》曰："自知者明。"

审局篇第七

夫弈棋布势，务相接连。自始至终，着着求先。临局交争，雌雄未决，毫厘不可以差焉。局势已赢，专精求生。局势已弱，锐意侵绰。沿边而走，虽得其生者，败。弱而不伏者，愈屈。躁而求胜者，多败。两势相违，先蹙其外。势孤援寡，则勿走。机危阵溃，则勿下。是故棋有不走之走，不下之下。误人者多方，成功者一路而已。能审局者则多胜。《易》曰："穷则变，变则通，通则久。"

度情篇第八

人生而静，其情难见；感物而动，然后可辨。推之于棋，胜败可得而先验。法曰：夫持重而廉者，多得；轻易而贪者，多丧。不争而自保者，多胜；务杀而不顾者，多败。因败而思者，其势进；战胜而骄者，其势退。求己弊不求人之弊者，益；攻其敌不知敌之攻己者，损。目凝一局者，其思周；心役他事者，其虑散。行远而正者，吉；机浅而诈者，凶。能畏敌者，强，谓人莫己若者，亡。意傍通者，高，心执一者，卑。语默有常，使敌难量。动静无度，招人所恶。《诗》云："他人有心，予忖度之。"

斜正篇第九

或曰："棋以变诈为务，劫杀为名，岂非诡道耶？"予曰："不然。"《易》云："师出以律，否臧凶。"兵本不尚诈谋，言诡道者，乃战国纵横之说。棋虽小道，实与兵合。故棋之品甚繁，而弈之者不一。得品之下者，举无思虑，动则变诈。或用手以影其势，或发言以泄其机。得品之上者，则异于是。皆沉思而远虑，因形而用权。神游局内，意在子先。图胜于无朕，灭行于未然。岂敢假言辞喋喋、手势翩翩者？《传》曰："正而不谲。"此之谓也。

洞微篇第十

凡棋有益之而损者，有损之而益者。有侵而利者，有侵而害者。有宜左投者，有宜右投者。有先着者，有后着者。有紧峙者，有慢行者。粘子勿前，弃子思后。有始近而终远者，有始少而终多者。欲强外先攻内，欲实东先击西。路虚而无眼，则先觑。无害于他棋，则做劫。饶路则宜疏，受路则勿战。择地而侵，无碍而进。此皆棋家之幽微，不可不知也。《易》曰："非天下之至精，其孰能与于此。"

名数篇第十一

夫弈棋者，凡下一子，皆有定名。棋之形势、死生、存亡，因名而可见。有冲，有斡，有绰，有约，有飞，有关，有劄，有粘，有顶，有尖，有觑，有门，有打，有断，有行，有立，有捺，有点，有聚，有跷，有夹，有拶，有峙，有刺，有勒，有扑，有征，有劫，有持，有杀，有松，有盘。用棋之名，三十有二，围棋之人，意在万周。临局变化，远近纵横，我不得而前知也。用行取胜，难逃此名。《传》曰："必也，正名乎！"棋之谓欤？

品格篇第十二

夫围棋之品有九：一曰入神，二曰坐照，三曰具体，四曰通幽，五曰用智，六曰小巧，七曰斗力，八曰若愚，九曰守拙。九品之外不可胜计，未能入格，今不复云。《传》曰："生而知之者，上也；学而知之者，次也；困而学之，又其次也。"

杂说篇第十三

夫棋，边不如角，角不如腹。约轻于捺，捺轻于峙。夹有虚实，打有情伪。逢绰多约，遇拶多粘。大眼可赢小眼，斜行不如正行。两关对直则先觑，前途有碍则勿征。施行未成，不可先动。角盘曲四，局终乃亡。直四板六，皆是活棋，花聚透点，多无生路。十字不可先纽。势子在心，勿打角图。弈不欲数，数则愄，愄则不精。弈不欲疏，疏则忘，忘则多失。胜不言，败不语。振廉让之风者，君子也；起忿怒之色者，小人也。高者无亢，卑者无怯。气和而韵舒者，喜其将胜也。心动而色变者，忧其将败也。赧莫赧于易，耻莫耻于盗。妙莫妙于用松，昏莫昏于复劫。

凡棋直行三则改，方聚四则非。胜而路多，名曰赢局；败而无路，名曰输筹。皆筹为溢，停路为节。打筹不得过三，淘子不限其数。劫有金井、辘轳，有无休之势，有交递之图。弈棋者不可不知也。凡棋有敌手，有半先，有先两，有桃花五，有北斗七。夫棋，有无之相生，远近之相成，强弱之相形，利害之相倾，不可不察也。是以安而不泰，存而不骄。安而泰则危，存而骄则亡。《易》曰："君子安而不忘危，存而不忘亡。

北宋·张拟

对局展示

黑方：＿＿＿＿＿＿＿＿＿＿＿＿＿＿＿　　时间：＿＿＿＿＿＿＿＿＿＿＿＿＿＿＿

白方：＿＿＿＿＿＿＿＿＿＿＿＿＿＿＿

胜负：＿＿＿＿＿＿＿＿＿＿＿＿＿＿＿

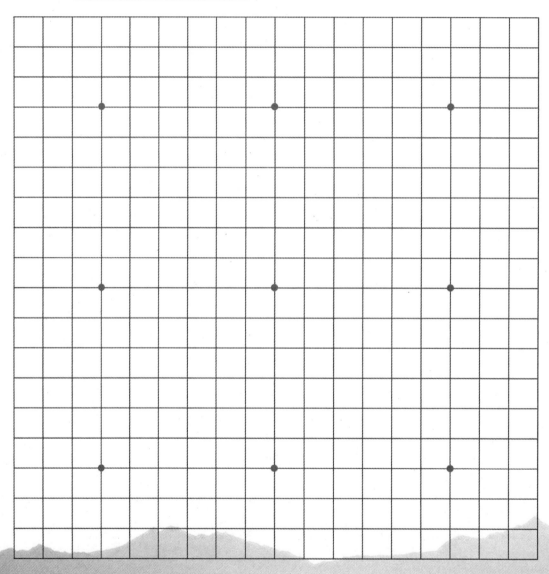

打劫记录：

对局简评

技术层面

心理层面

思维层面

认知提升

成长感悟

第二章 作战的方法

第1节 接触战常识

当双方的棋子纠缠在一起时就形成了接触战，接触战是事关双方局部强弱甚至死活的争夺，其过程需要把握行棋计算、分寸、效率等要领，接下来以实战常型为例研究接触战的一些常识。

例题图 1

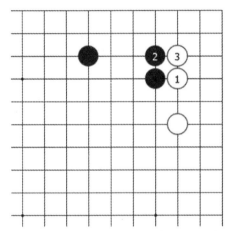

为了棋子之间的配合效率，接触战时往往不容退缩。如图，白1时，黑2退虽简明，但子力配合重复，且让白3轻松得角，黑不能满意。

例题图 1-1

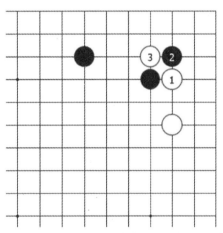

白1时，黑2扳是当然的一手，白3断形成战斗。接下来黑棋有多种选择，如何从中理清头绪是关键。

例题图 1-2

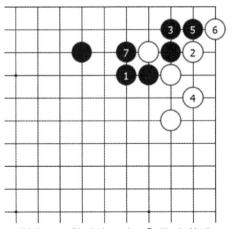

棋谚云："扭断长一方。"黑1长简明，白2打吃，黑3应，白4虎是争先手的好棋，以下进行至黑7为一型。

例题图 1-3

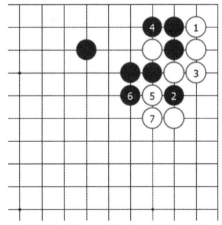

前图白4若于本图白1爬，黑2以下进行至白7，先手就落到了黑棋手里。

例题图 1-4

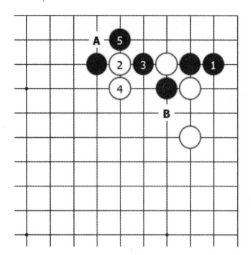

黑若1位长，给白棋的选择就多了，如白2碰，进行至黑5，白棋留有A位断或B位打吃的利用。

例题图 2

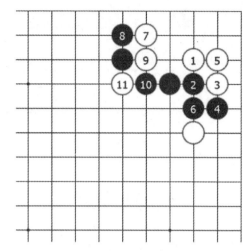

白1以下进行至黑10为常型，白角还需再补一招才能确保活棋，在此之前白11先断想看看黑棋如何应对。

例题图 2-1

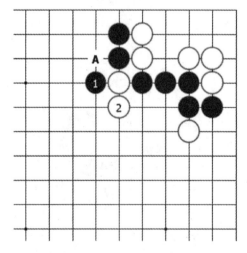

黑1打吃是俗手，不仅A位生出断点，白2长还影响到右边黑棋。

例题图 2-2

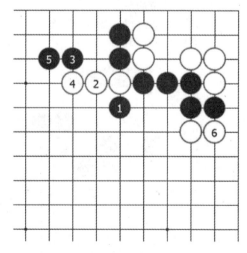

黑1若从这边打吃，白2长，黑3、5就需要照顾上边，白6贴可与黑继续周旋。

例题图 2-3

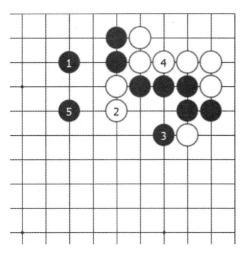

黑1跳是本手，白若2位长，黑3虎是好形，白4补活角，黑5跳对白两子保持攻势。

例题图 2-4

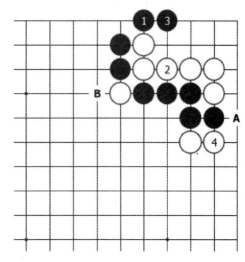

黑1、3若急于杀角，白4贴瞄着A位渡，白还有B位长的先手利用，作战黑棋勉强。

例题图 3

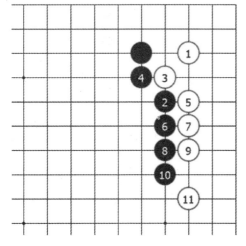

本图黑棋目外，白1进角，黑2以下进行至白5时，黑6长稳健，白7以下可在三线围地。

例题图 3-1

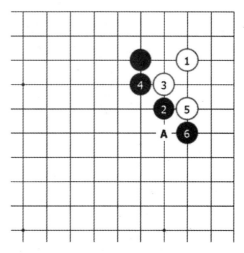

白5时，黑6连扳是强手，这手棋的前提是充分考虑到白A断之后的变化结果。

例题图 3-2

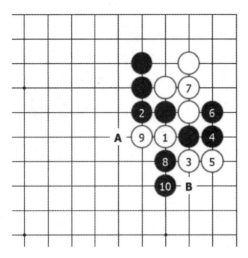

白1断，黑2粘，白3、5希望吃住黑棋，黑6长气，黑8、10打后长是组合拳，A、B两点黑必得其一。

例题图 3-3

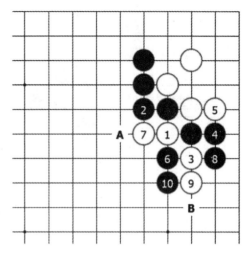

黑4时，白若5位贴，黑6、8、10的思路与前图相似，A、B两点黑必得其一。

例题图 3-4

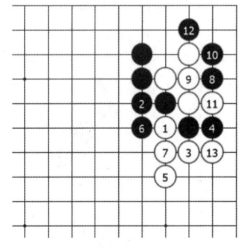

黑4时，白若5位护断，黑6、白7后，黑8点是手筋，以下进行至白13，白棋吃两颗黑子的效率很低，黑满意。

例题图 3-5

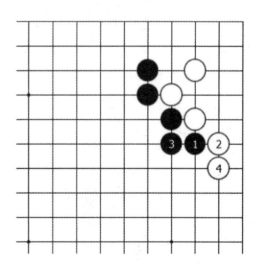

回到本图，黑1时，白2连扳是本手，黑3补断，白4出头，双方战斗告一段落。

小结：接触战时既要保护好自己，又要给对方施加压力，多下"本手"。

练习题 1

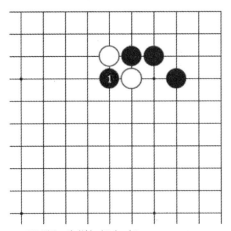

黑1断，白棋如何应对？

参考图

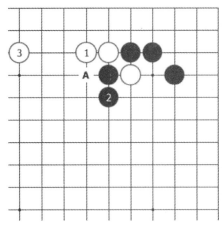

白1长是正着，黑2长，白3拆告一段落。白1若A位，黑2后，白生出断点。

练习题 2

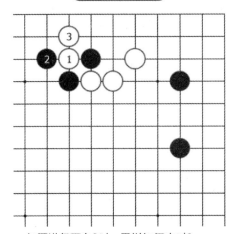

如图进行至白3时，黑棋如何应对？

参考图

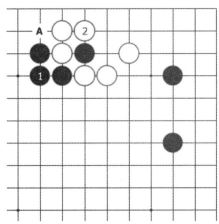

黑1粘冷静，白2应，黑棋获得先手。黑1若A位，白2后，黑还需补1位断点。

练习题 3

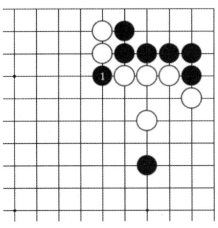

黑1断，白棋如何应对？

参考图

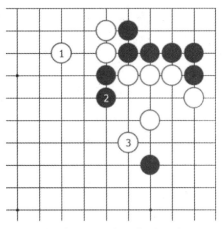

白1跳是本手，黑2长，白3尖出头。

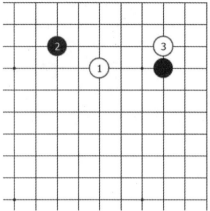

如图进行至白3时，黑棋如何应对？

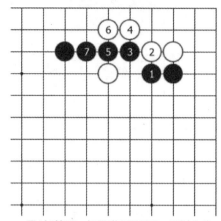

黑1长简明，如图进行至黑7，黑棋充分。

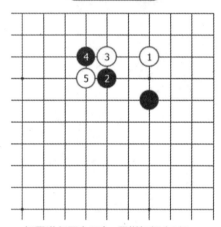

如图进行至白5时，黑棋如何应对？

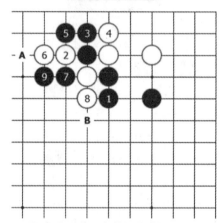

黑1长是正着，白若如图进行至黑9，A、B两点黑棋必得其一。

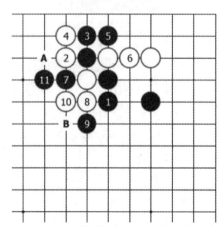

黑3时，白若4位，黑5以下进行至黑11，A、B两点黑棋必得其一。

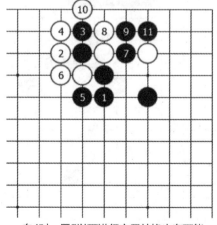

白4时，黑5以下进行弃子转换也有可能。

练习题 6

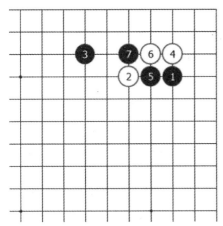

如图进行至黑7时，白棋如何应对？

参考图 1

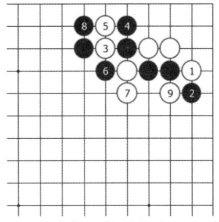

白1扳是好棋，黑若2位应，白3以下形成转换，结果白棋满意。

参考图 1-1

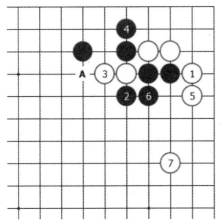

白1时，黑2打吃也是好棋，如图进行至白7为一型。白7在A位出动也有可能。

参考图 1-2

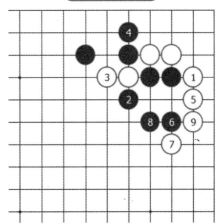

白5时，黑若6位跳，白7是手筋，黑因气紧不敢用强，黑8退，白9渡，白棋充分。

第2节 出头与封锁

作战时常常面临"出头与封锁"的问题，"出头"常用于棋子的强化，"封锁"常用于棋子的打压，两者是对立关系，也是作战的基础要领。

出 头

例题图 1

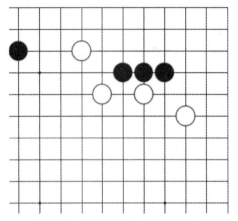

"出头"不仅可以使一块棋变强，同时还对后期的作战有着重要的影响。图中右上角的黑三子此时如能出头，不仅可以强化自身，还会对白棋造成冲击，从而获得作战的主动权。

例题图 1-1

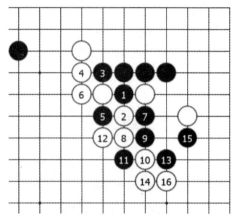

白棋虽有多处弱点，但黑棋如何冲击还需斟酌，黑1冲给白棋制造断点，但黑3、5以下都是帮对方忙的俗手，如图进行至白16，白棋外围强大，黑棋角部的味道也不好。

例题图 1-2

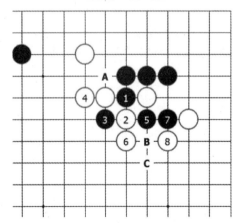

黑1、3冲断是正手，白4照顾A位的断点，但黑5双打吃是俗手，白6长，黑若B位、白C位扳与前图大同小异。如图黑7则白8将黑棋封锁。

例题图 1-3

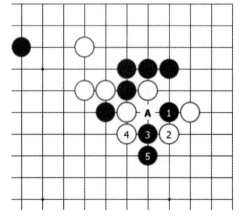

前图黑5于本图黑1压出是好棋，白2时，黑若走A位则还原前图，黑3连扳是手筋，白4时，黑5长出头，作战黑棋有利。

小结：有效的出头可以使自身变强，同时也是后期作战的重要基础。

62

练习题 1

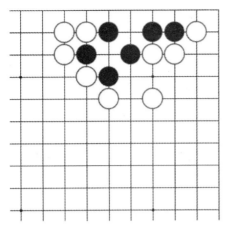

黑先，如何出头？

正解图

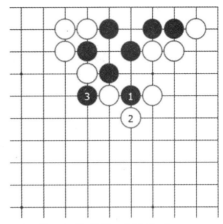

黑1挖，白若2位挡，黑3双打吃。

变化图

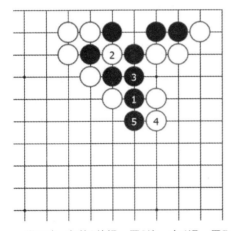

黑1时，白若2位提，黑3连，白4退，黑5出头。

练习题 2

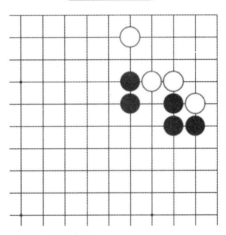

白先，如何出头？

正解图

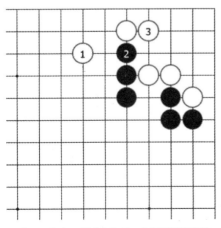

白1飞出头，黑若2位顶，白3退保持联络。

参考图

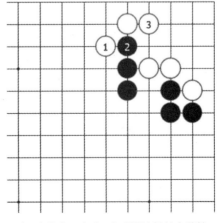

白1尖虽也可出头，与前图比较效率稍差。

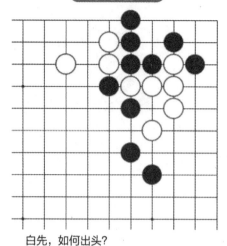

白先，如何出头？

失败图

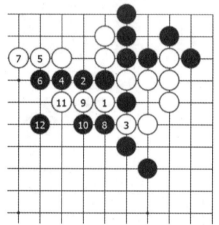

白若1、3进行，黑4、6是先手，之后黑8
以下将白棋封锁。

正解图

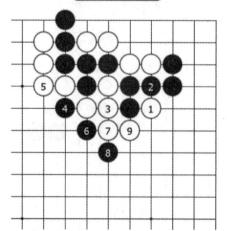

白1碰是手筋，黑若2位应，白3粘，如图
黑棋无法征吃白棋。

正解图

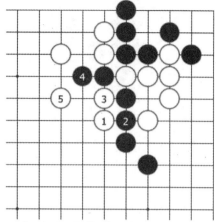

白1出头，黑若2位，白3、5可以吃住黑
两子。

练习题 4

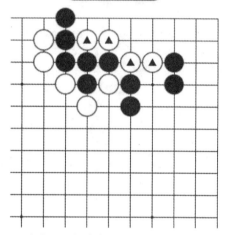

白先，▲白子如何出头？

变化图

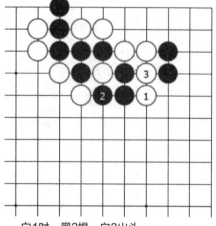

白1时，黑2提，白3出头。

封 锁

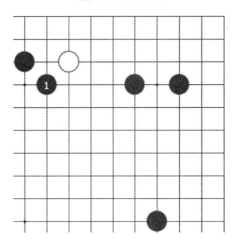

"封锁"是将对方棋子包围在里面的构想，它与"出头"完全是对立的，有效的封锁还有助于发展模样。图中黑1尖就是要封锁白棋，意图将外围连成一片。

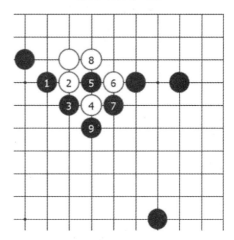

白2、4希望出头，黑5断是弃子，白6时，黑7反打是关键，至黑9将白棋封锁。黑棋外围虽有断点，但因黑在5位提劫严厉，所以白棋通常都是不会断的。如此黑棋外围形成模样。

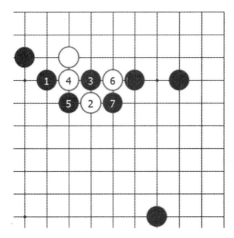

黑1时，白2飞试图出头，黑3、5跨断是组合拳，白6时，黑7反打还原成前图。

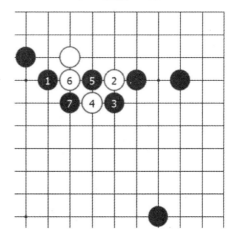

黑1时，白2、4碰后连扳很有迷惑性，黑3、5、7仍可将白封锁。

小 结：有效的封锁有助于棋子连片和发展模样。

练习题 1

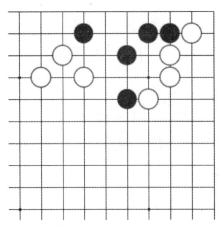

白先，如何封锁黑棋?

正解图

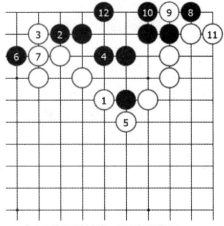

白1尖将黑棋封锁，黑2以下做活。

变化图

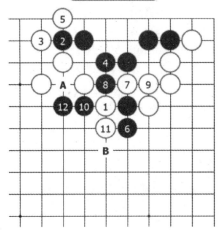

黑4时，白5若想杀棋，黑6以下至黑12将A、B视为见合。

练习题 2

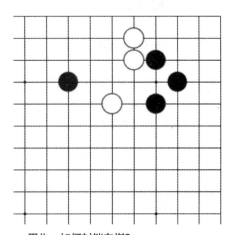

黑先，如何封锁白棋?

正解图

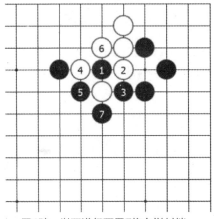

黑1跨，以下进行至黑7将白棋封锁。

续正解图

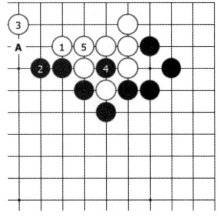

以后白1时，黑2单长是好棋，白3不能在A位跳，黑4再提子是次序。

练习题 3

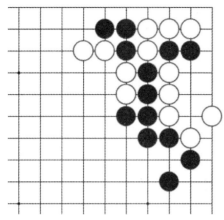

黑先，如何封锁白棋?

正解图

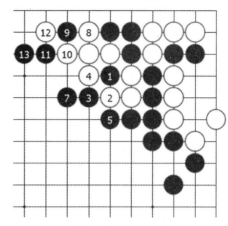

黑1、3滚打紧凑，以下至白8时，黑9、11将白棋封锁。

变化图

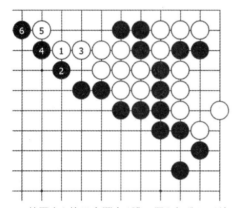

前图白8若于本图白1跳，黑2尖后4、6连扳，白棋委屈。

练习题 4

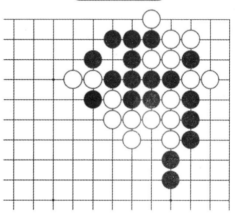

白先，如何封锁黑棋?

正解图

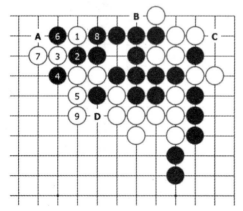

白1跳，黑棋为了做活不得已走4、6的俗手，白9补强外围。白9若走A位，由于黑有B位先手瞄着C位的扳，黑将于D位出动，白棋不利。

参考图

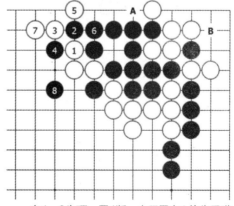

白1、3生硬，黑4断，由于黑有A位先手瞄着B位的扳，所以黑棋没有危险，黑8跳作战白棋不利。

第3节 攻击的方法

攻击是获得局面主导权的重要手段，当出现可以攻击的目标时，合理的攻击可以事半功倍，接下来列举一部分实战常型来对攻击的方法进行研究。

例题图 1

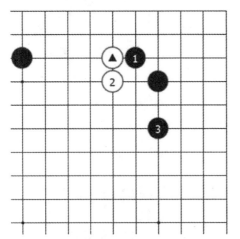

将攻击的目标走重，减少其灵活性，是攻击的要领之一。如图，▲白子是黑棋的攻击目标，黑1尖顶夺其根据，白2长，黑棋已将白棋走重，黑3跳继续保持攻势。

例题图 1-1

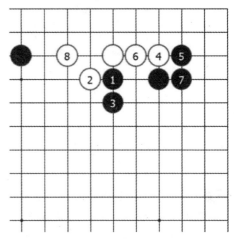

棋谚云："压强不压弱"，意思是棋子压到对方的弱子上容易强化对方。如图，黑若1位压，白2扳得到行棋的头绪，以下进行至白8，白棋获得了根据地。

例题图 1-2

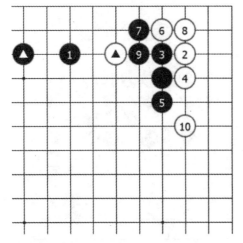

黑若1位夹，与△黑子配合重复，且白2可以转身到角上，因此黑棋要攻击▲白子将其走重是要领。

例题图 1-3

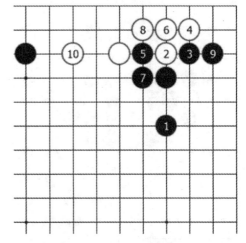

黑若1位跳，白棋的选择就更多了，如图白2托，以下进行至白10获得安定。

例题图 2

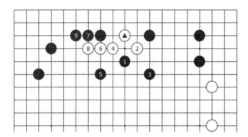

把握分寸也是攻击的要领之一。本图黑棋以▲白子为攻击目标，黑1镇头是好棋，白2出头，黑3飞恰到好处，白4以下寻求出路，黑棋顺势巩固左上角，白棋仍处于被攻状态。

例题图 2-1

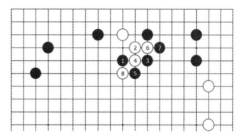

白2时，黑若3位枷，白4、6连续给黑棋冲出断点，至白8，黑棋不利。由于黑3紧枷没有把握攻击分寸，导致攻击失利。

例题图 2-2

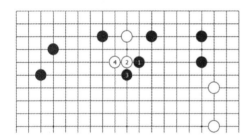

黑若1位飞，白2、4出头，与例题图2比较，白棋的出路变宽。

例题图 2-3

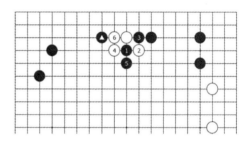

黑若1、3靠断，白2、4得到了行棋的头绪，△黑子与黑1、3两子的配合不理想。

例题图 3

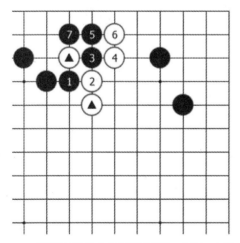

对目标有整体攻击意识很重要。本图▲白子是黑棋的攻击目标，黑1、3冲断是以单颗子为目标的思路，白4、黑5后，白6的应对却不充分。

例题图 3-1

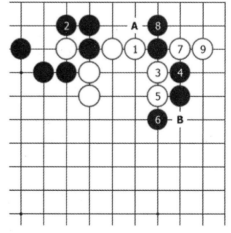

前图白6于本图白1位顶是好棋，黑2不得已，白3扳，黑4应，白5时，黑若6位扳，白7、9后，A、B两点白棋必得其一。

例题图 3-2

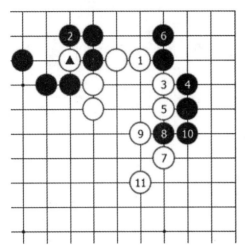

白5时，黑6是本手，以下进行至白11，黑棋吃▲白一颗子的意义不大，白棋满意。

例题图 3-3

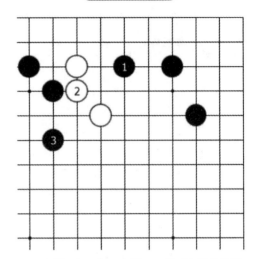

黑棋不急于断开白棋，而是对白棋整体进行攻击是要领，黑1点，瞄着冲断，白2应，黑3继续保持攻势。

例题图 4

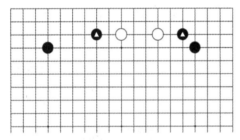

"拆二"为实战常型，如何对其进行攻击应结合局面来考虑，通常是将拆二的两边逼住再做攻击，就像图中的△黑子一样。

例题图 4-1

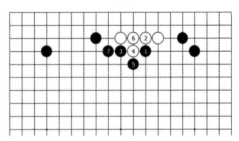

黑1点是一种选择，一般用于扩张模样，如图进行黑棋形成外势。黑1还有在白4位点的选择，所形成的势力方向也会发生变化。

例题图 4-2

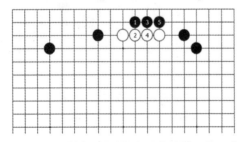

黑1点是夺取白棋根据地的选择，以下进行至黑5，黑棋处于低位，如此进行通常都是对白棋有利。

例题图 4-3

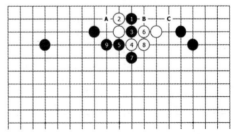

黑1时，白若2位挡住，黑有3、5冲断的选择，白6如果吃黑两子，黑7、9强化外围，以后黑棋还有黑A、白B、黑C攻击白棋的可能。

例题图 4-4

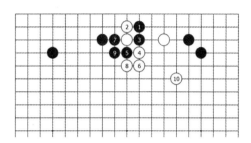

黑5时，白6是注重出头的选择，黑7吃白两子，白8利用后于10位一带轻灵处理。

例题图 4-5

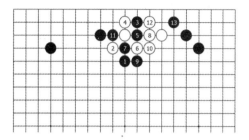

黑1镇头也有可能，白2尖，黑3有骗招意味，白若4位挡，黑5以下进行至黑13，白棋不利。

例题图 4-6

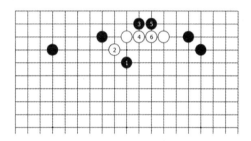

黑3时，白4位应即可，黑5长，白6粘，黑棋攻击的结果意义不大，本图的进行通常都是对白棋有利。

例题图 4-7

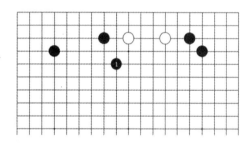

黑1飞的攻击也常见，攻击白棋拆二的同时也有扩张的作用。

例题图 5

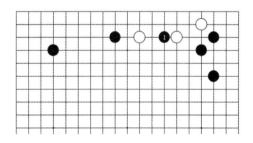

本图白棋的拆二有了一定的强化，黑棋仍然有攻击的余地，如图黑1位碰就是一种攻击。

例题图 5-1

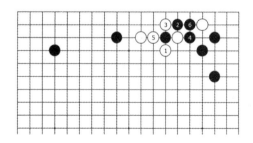

白1扳是常见应对，黑2扳是好棋，白3断，黑4反打以下形成转换，好坏视局面而定。

例题图 5-2

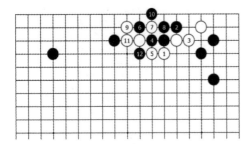

黑2时，白若3位退，黑4、6进行联络，白若7、9分断，黑12也将白棋断开，白棋这个选择不简明。

例题图 5-3

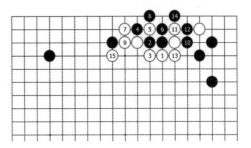

白1时，黑若先2、4进行，白5、7分断成立，由于黑10以下不能省，白棋得到15位扳，黑棋不利。

例题图 5-4

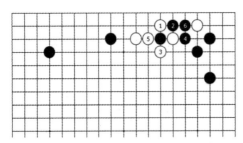

白1二路扳是另一种应对，黑2断，白3打吃，以下进行还原例题图5-1。

例题图 5-5

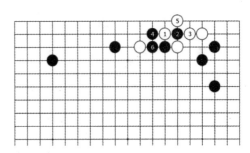

黑2时，白若3位打吃，黑4、6进行，结果黑棋有利。

例题图 5-6

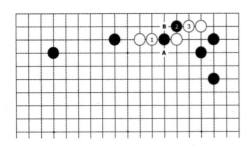

白1顶是寻求联络的选择，黑若2位扳，白3再顶，将A、B两点视为见合，是联络的好手。

例题图 5-7

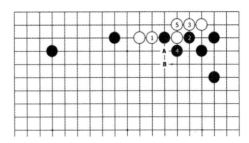

白1时，黑2尖是常见应对，白3应，黑4打吃，白5粘，以后黑棋还有A或B位的先手利用。

例题图 6

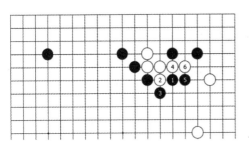

本图的局面白棋三颗子是黑棋的攻击目标，黑若1位紧封，白2以下进行，黑棋反倒麻烦了。

例题图 6-1

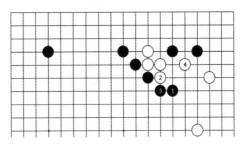

黑若1位宽封，白2、4进行，由于黑棋自身存在弱点，白棋不难处理。

例题图 6-2

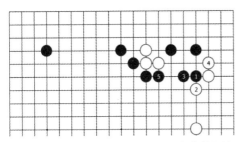

对目标直接攻击不奏效时，可考虑从周边进行借力。如图，黑1压是典型的"缠绕攻击"，白若2、4照顾右边，黑5得以将白三子包围。

例题图 6-3

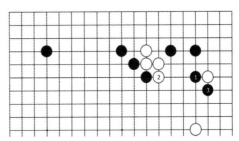

黑1时，白2若逃三颗子，黑3扳可以满意。缠绕攻击可以同时威胁到对方多处，总可以在其中一处获利。

小结：攻击的方法是多种多样的，应结合局面的需要进行运用。

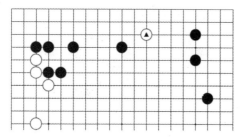

黑先，如何攻击▲白棋？

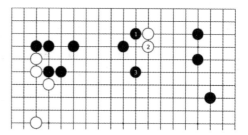

黑1尖使其走重，白2长，黑3飞保持攻势。

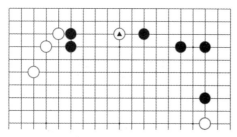

黑先，如何攻击▲白棋？

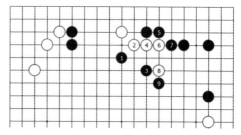

黑1镇，白2寻求出头，黑3飞保持攻势。

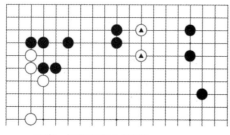

黑先，如何攻击▲白棋？

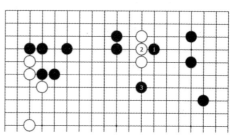

黑1刺使其走重，白2应，黑3镇头保持攻势。

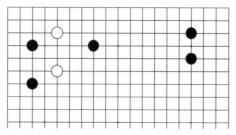

黑先，如何攻击白棋？

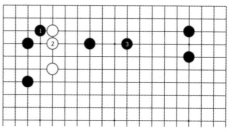

黑1尖夺其根据，白2应，黑3回补对其缓攻。

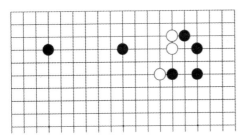

黑先，如何攻击白棋?

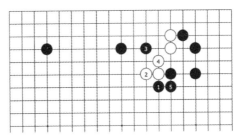

黑1与白2交换后，黑3点对白棋整体进行攻击。

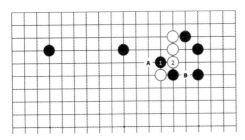

黑若1位扳，白2断将A、B两点视为见合。

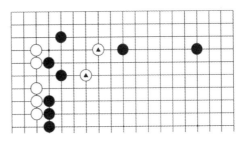

黑先，如何攻击▲白棋?

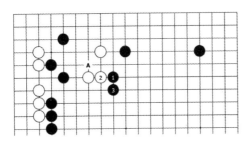

黑1飞瞄着A位跨，白2补棋，黑3挺头保持攻势。

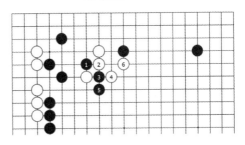

黑若1、3靠断，白2、4得以转身。

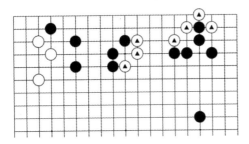

黑先，如何夺取▲白棋的根据地?

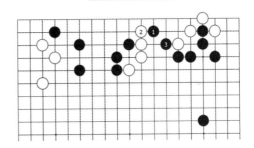

黑1点锐利，白若2位挡，黑3扳，白苦。

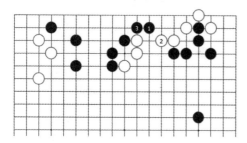

黑1时，白若2位，黑3连回夺取白棋根据地。

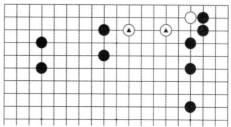

黑先，如何夺取▲白棋的根据地？

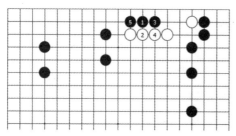

黑1点，白2应，黑3、5夺取白棋根据地。

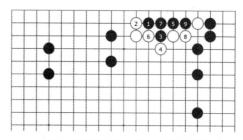

黑1时，白若2位挡，黑3、5取得联络。

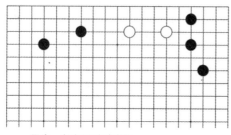

黑先，如何攻击白棋？

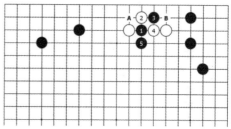

黑1碰，白2若扳，黑3连扳是手筋，白4断，黑5后A、B两点必得其一。

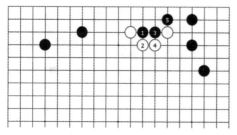

黑1时，白2应，黑3、5夺取白棋根据地。

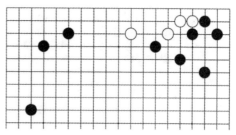

黑先，如何攻击白棋？

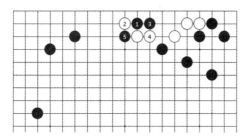

黑1托是手筋，白2若扳，黑3长，白4应，黑5断，白苦。

参考图 2

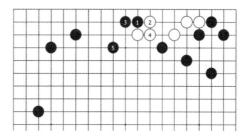

黑1时，白2应，黑3、5保持攻势。

练习题 11

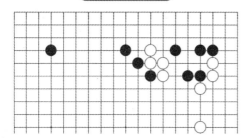

黑先，如何攻击白棋?

参考图 1

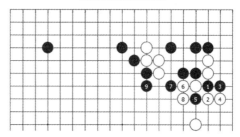

黑1断进行缠绕攻击，白若2位应，黑3以下利用弃子将上边白棋封锁。

参考图 2

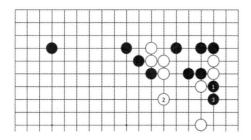

黑1时，白若2位逃，黑3在右边获利。

练习题 12

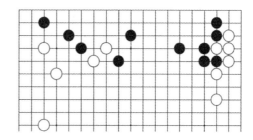

黑先，如何攻击白棋?

参考图 1

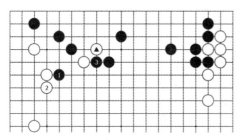

黑1碰进行缠绕攻击，白若2位应，黑3可将▲白子吃住。

参考图 2

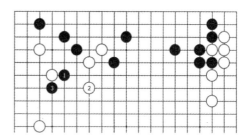

黑1时，白若2位逃，黑3扳到可以满意。

第4节 攻防的手筋

"手筋"泛指接触战中的高效手段和技巧，也是棋形的要点和急所。通常所说的"妙手""好棋"等高效率的手段基本都属于手筋的范畴。因此，"手筋"是以多种形式出现在棋盘上的，接下来列举有关棋子攻防部分的手筋进行研究。

例题图 1

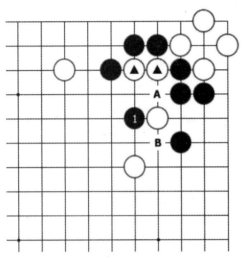

如图，黑1位靠是"手筋"，将A、B两点视为见合，白▲两子动弹不得。黑1的位置白棋占据了就构成"双"的棋形，黑棋下在这里也叫做"靠单"，是手筋的典范。

例题图 1-1

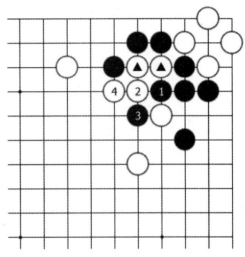

图中黑1、3冲断是"俗手"，如此白▲两子棋筋扬长而去，黑棋不利。

例题图 2

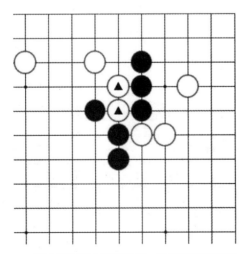

图中黑白双方正在作战，显然黑棋能否擒获白▲两子棋筋是关键。

例题图 2-1

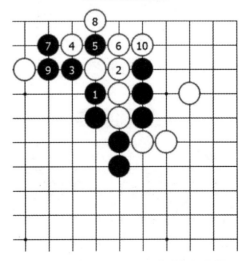

黑1打吃是俗手，以下黑棋勉强把白棋分断，但白棋吃住角部黑三子实利巨大。

例题图 2-2

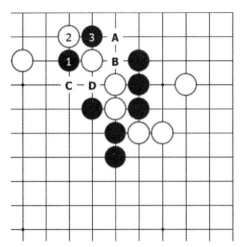

黑1、3靠断是手筋，之后白若A位则黑B位，白棋是接不归。白若C位则黑D位。黑1、3通过弃子使对方形成接不归，从而实现吃棋的目的，它有一个意味深长的名字，叫做"相思断"。

例题图 2-3

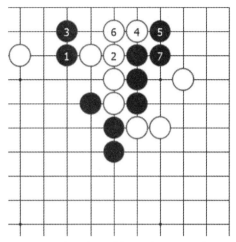

黑1一定要考虑到白2的应手，黑3立，以下至黑7，白棋仍然被吃。

例题图 3

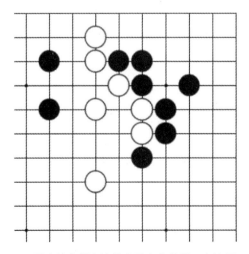

图中的白棋在连接方面有些薄弱，在这里黑棋有精妙的手筋给白棋致命打击。

例题图 3-1

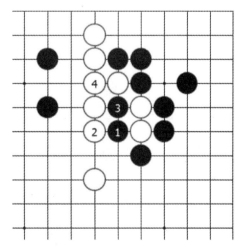

黑1打吃是俗手，白2弃掉两颗子得以出头，黑棋收获不大。

例题图 3-2

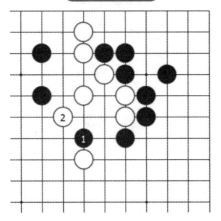

　　黑1靠可以分断白棋，但白2可以出头，黑棋还不够满意。

例题图 3-3

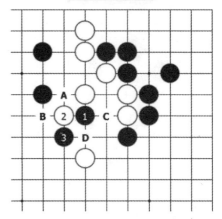

　　黑1位是要点，白2时，黑3扳是手筋，白A、B两点无法兼得，白若C位则黑D位，白棋崩溃。

例题图 4

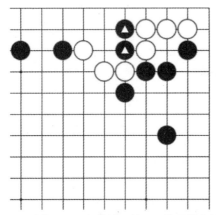

　　图中的△黑子好像逃不掉了，然黑棋有精彩的手筋使其联络。

例题图 4-1

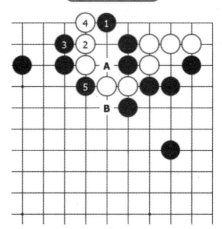

　　黑1尖是手筋，白2时，黑3贴，白4后，黑5挤又是手筋，A、B两处黑棋必得其一。

例题图 4-2

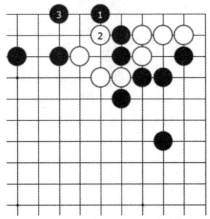

　　黑1时，白若2位尖，黑3一路跳是手筋，如此黑棋取得联络。

例题图 4-3

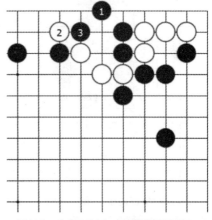

　　黑1时，白若2位扳，黑3断就可以了。

例题图 5

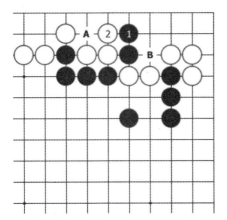

本图黑1立，瞄着A、B两处的断，白2欲同时解决这两处问题，但接下来黑棋有"见合"的手筋。

例题图 5-1

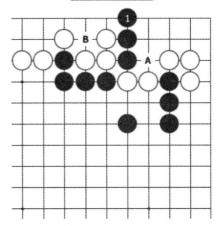

黑1立是手筋，将A位的断和B位的扑视为"见合"。

例题图 5-2

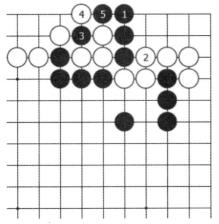

黑1时，白若2位补断，黑3扑，白4提，黑5打吃白棋是接不归。

例题图 5-3

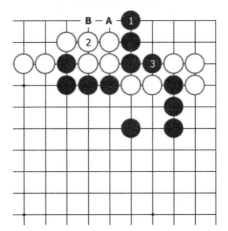

黑1时，白2若补这边，黑3断成立。当初黑1起到长气的作用。

例题图 6

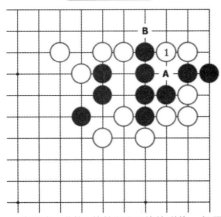

本图白1瞄着A位的断和B位的联络，但黑棋也有能够兼顾这两处问题的手筋。

例题图 6-1

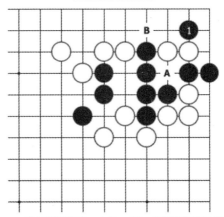

黑1夹是手筋，由此一手，白棋既不能A位断，又不能B位联络，黑1就是兼顾两处的手筋。

例题图 6-2

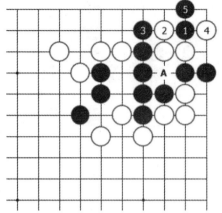

　　黑1时，白若2位冲，黑3顺势冲下，白4打吃，黑5长不让白棋活角，白棋始终无法在A位断。

例题图 6-3

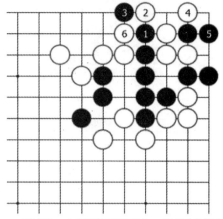

　　黑1时，白2扳极具迷惑力，黑若3位随手跟着应，白4、6可形成劫。

例题图 6-4

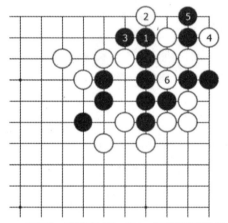

　　白2时，黑若3位应，白4、6可吃住右边黑两子。白6位断成立，白棋得益于2位的扳。

例题图 6-5

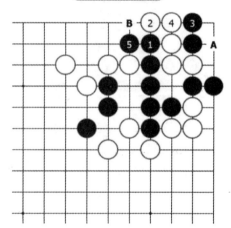

　　白2时，黑3是冷静的好棋，至黑5，白棋无以为继。黑3时，白4若走A位，黑B位应。

　　小结："手筋"是高效率的行棋手段，常为攻防棋形的要点。

练习题 1

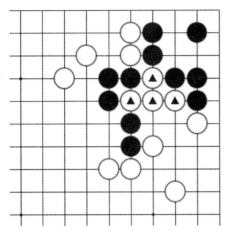

黑先，如何吃住▲白棋?

正解图

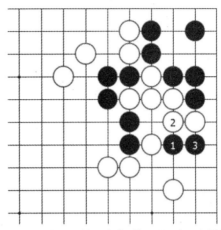

黑1夹是手筋，白若2位，黑3贴，白棋是接不归。

练习题 2

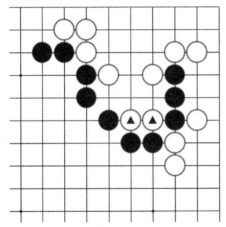

黑先，如何吃住▲白棋?

正解图

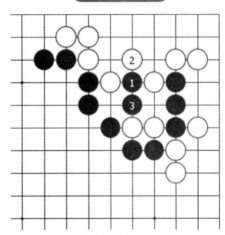

黑1挖是手筋，白2应，黑3吃住白两子。

练习题 3

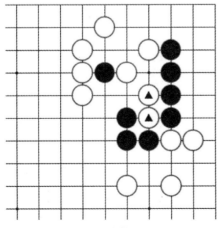

黑先，如何吃住▲白棋?

正解图

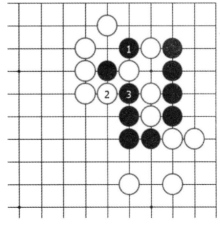

黑1挤是手筋，如图进行白棋是接不归。

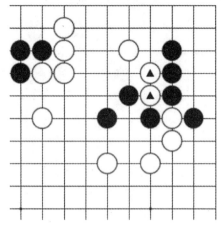

黑先，如何吃住▲白棋？

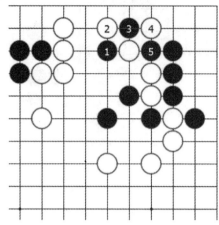

黑1、3是手筋，至黑5白棋接不归。

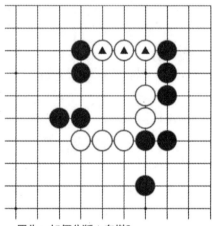

黑先，如何分断▲白棋？

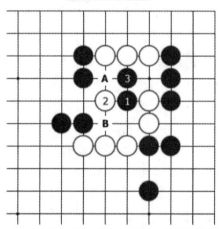

黑1碰是手筋，白2夹顽抗，黑3顶是好棋，白棋A、B两处无法兼顾。

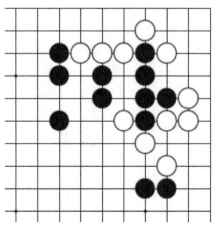

黑先，如何分断白棋？

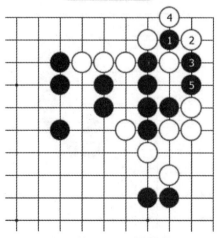

黑1、3是手筋，至黑5分断白棋。

练习题 7

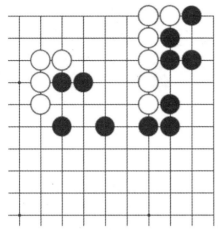

黑先，如何分断白棋?

正解图

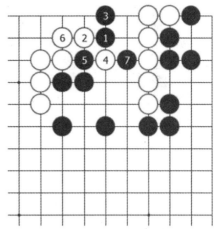

黑1飞，白2抵抗，黑3立是关键，如图进行白棋不行。

练习题 8

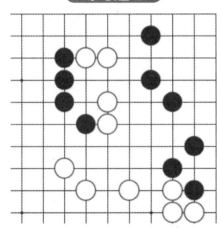

黑先，如何分断白棋?

正解图

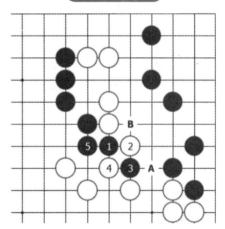

黑1扳，白2应，黑3挖是手筋，白4双打吃，黑5粘，A、B两点白棋不能兼顾。

练习题 9

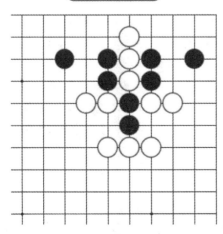

黑先，如何取得联络?

正解图

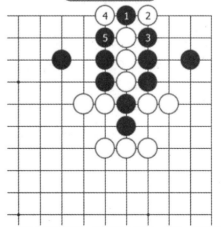

黑1顶是手筋，白若2位打吃，黑3、5将白棋吃住。

练习题 10

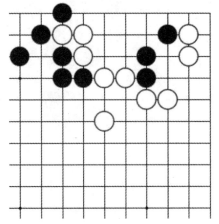

黑先，如何取得联络?

正解图

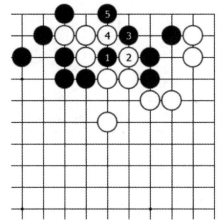

黑1断是手筋，白2时，黑3是关键，以下至黑5取得联络。

练习题 11

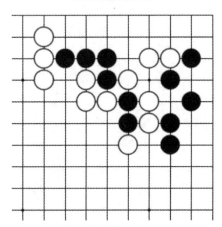

黑先，如何取得联络?

正解图

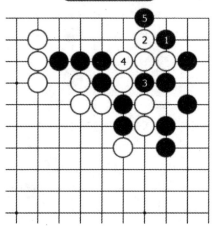

黑1、3是好次序，黑5打吃取得联络。

练习题 12

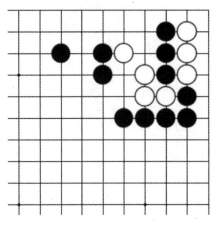

黑先，如何取得联络?

正解图

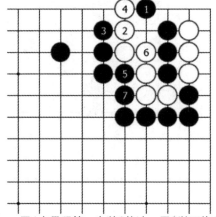

黑1尖是手筋，白若2位冲，黑3以下将白棋吃住。

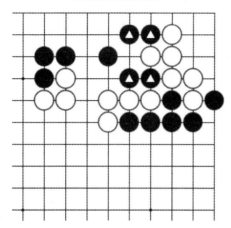

白先，如何吃住其中一处△黑棋?

正解图

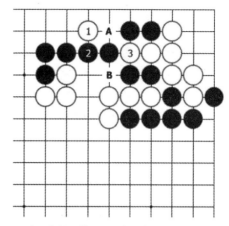

白1点是手筋，黑2应，白3打吃，A、B两处白棋必得其一。

练习题 14

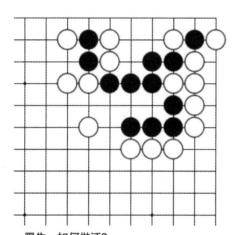

黑先，如何做活?

正解图

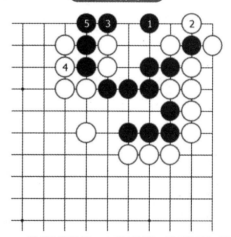

黑1跳是手筋，白若2位提，黑3位可取得联络。

练习题 15

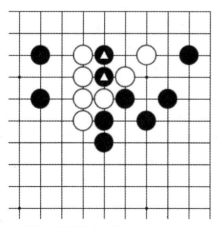

黑先，如何救出△黑子?

正解图

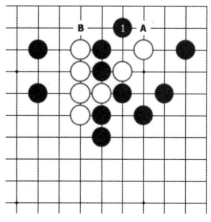

黑1尖是手筋，A、B两点黑棋必得其一。

练习题 16

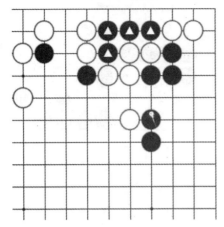

黑先，如何救出△黑子?

正解图

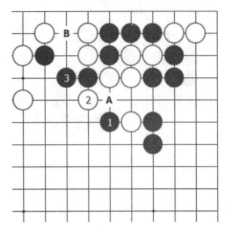

黑1夹是手筋，白2打吃，黑3顺势长，黑棋将A、B视为见合。

练习题 17

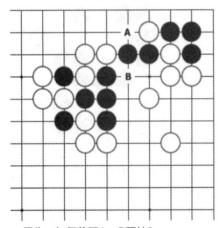

黑先，如何兼顾A、B两处?

正解图

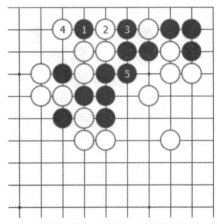

黑1托是手筋，白2时，黑3是先手，白4补棋，黑5得以连接。

练习题 18

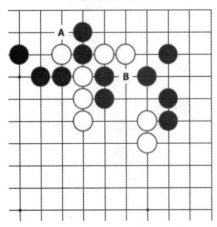

黑先，如何兼顾A、B两处?

正解图

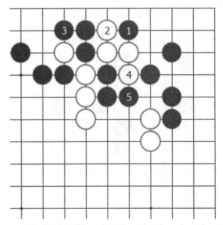

黑1托是手筋，白2冲，黑3应，白4时，黑5可以挡住。

练习题 19

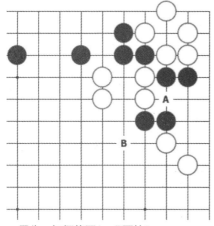

黑先，如何兼顾A、B两处？

正解图

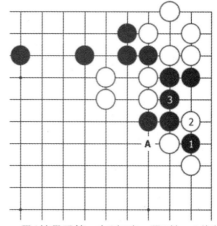

黑1挤是手筋，白2打吃，黑3粘，A位存在打吃，白棋无法封锁黑棋。

练习题 20

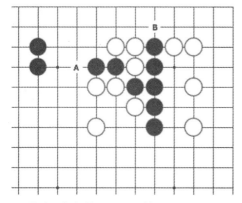

黑先，如何兼顾A、B两处？

正解图

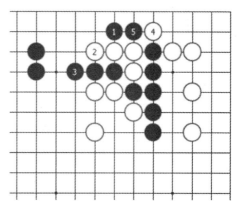

黑1夹是手筋，白若2位打吃，黑3长，白4无法渡过。白2若走黑5冲，黑在白4位冲即可。

围棋十诀

一、不得贪胜

二、入界宜缓

三、攻彼顾我

四、弃子争先

五、舍小就大

六、逢危须弃

七、慎勿轻速

八、动须相应

九、彼强自保

十、势孤取和

唐·王积薪

棋　品

一品入神：变化不测，而能先知，精义入神，不战而屈人之棋，无与之敌者。

二品坐照：入神饶半先，则不勉而中，不思而得，至虚善应。

三品具体：入神饶一先，临局之际，造形则悟，具入神之体而微者也。

四品通幽：受高者两先，临局之际，见形阻能善应变，或战或否，意在通幽。

五品用智：受饶三子，未能通幽，战则用智以到其功。

六品小巧：受饶四子，不务远图，纵横各有巧妙胜人。

七品斗力：受饶五子，动则必战，与敌相抗，不用其智而专斗力。

八品若愚：布置虽愚，然而实，其势不可犯。

九品守拙：但守我之拙，彼巧无所施。

对局展示

黑方： _____ 　　时间： _____

白方： _____

胜负： _____

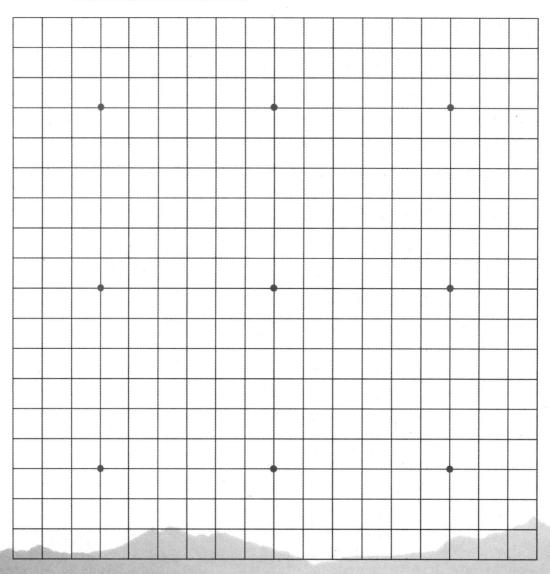

打劫记录：

对局简评

技术层面

_____

_____

_____

心理层面

_____

_____

_____

思维层面

_____

_____

_____

认知提升

_____

_____

_____

成长感悟

_____

_____

第三章 作战的目的

第1节 攻击围空

对局结束时，要根据双方地盘的多少来确定胜负，所以在对局中围空是很重要的，然而单调的围空往往效率不高，也容易遭到破坏，因此通过攻击对方的棋子使其忙于治理，从中顺势围空为理想，这也是作战的重要目的之一。

例题图 1

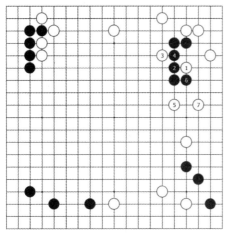

如图，白1、3对右上黑棋进行攻击，黑4如果粘则被走重，白5、7继续保持攻势，如此白棋生动。

例题图 1-1

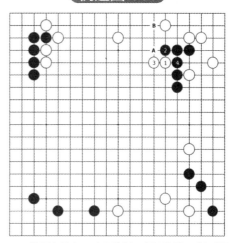

故黑2反击，白3若长，黑4再粘，以后黑棋留有A、B的借用，白棋难以维持对黑棋的攻势。

例题图 1-2

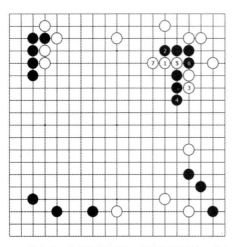

黑2时，白3贴是好棋，黑4若跟着长，白5冲就成立了，黑棋不利。

例题图 1-3

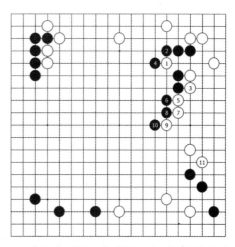

白3时，黑4只好补断，白5以下进行至白11，白棋通过攻击实现了围空的目的。

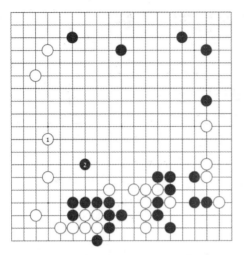

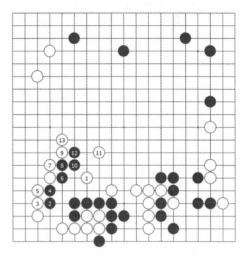

本图白棋左边有成空的潜力，白若1位直接围有些单调，且棋形不厚，黑2出头后，下方的白棋也需要支援了。

白1飞攻击黑棋，黑2以下寻求出路，进行至白13，白棋借黑棋治理弱棋的过程顺势围起了左边。

小结：通过攻击对方的棋子使己方顺势增加围空的棋子，是高效率的围空方法。

练习题1　　　参考图

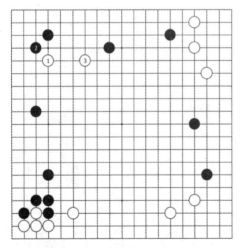

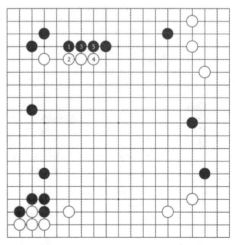

白1挂角，黑2守角同时夺其根据地，白3希望轻灵处理，此时黑棋如何通过攻击这块白棋顺势在上方围空？

黑1飞，白2联络，黑3、5顺势在上方围空。

练习题 2

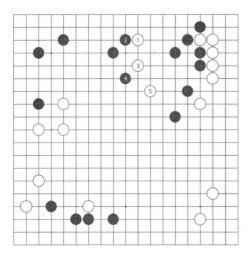

　　白1打入，黑2搜根，白3、5希望轻灵处理，黑棋如何通过攻击这块白棋在上方成空?

参考图

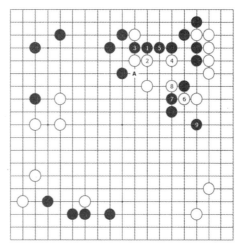

　　黑1点犀利，白2若在黑3位粘，黑将在A位冲，白棋不利。如图进行黑棋上方成空，战斗转移到右边。

练习题 3

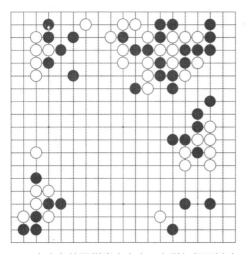

　　左上角的黑棋尚未安定，白棋如何通过攻击这块黑棋在左边围空?

参考图

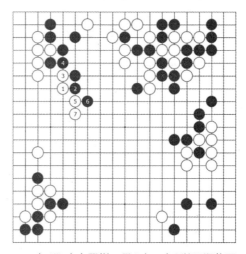

　　白1飞攻击黑棋，黑2应，白3以下顺势围起左边。

练习题 4

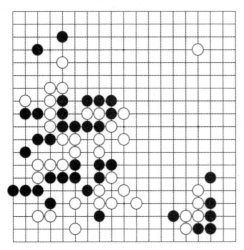

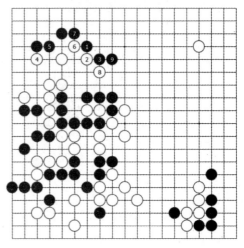

左上角的白棋尚未安定，黑棋如何通过攻击这块白棋在上方围空？

黑1飞攻击白棋，白2以下进行腾挪，黑棋顺势围起上边。

练习题 5

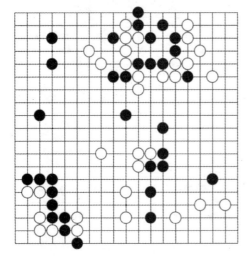

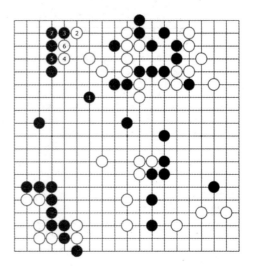

左边黑棋还存在被打入的可能，黑棋如何通过攻击上方白棋使左边的黑棋进一步实地化？

黑1飞是要点，白2寻求安定，黑3以下顺势加固左边。

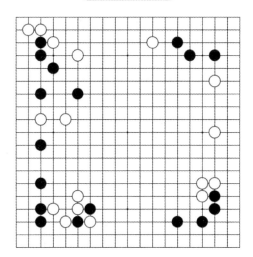

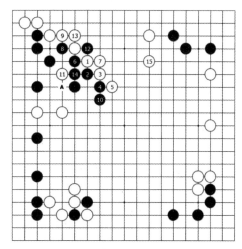

上方白棋有围空的潜力，白棋如何通过攻击左上黑棋顺势在上方围空？

白1尖瞄着A位靠和封锁黑棋，黑2应，白3以下顺势围起上边。

第2节 攻击扩张

外势和模样存在相当的潜力价值，既可援助以后的作战，又可转化成实地，通过攻击对方的棋子将外势和模样进行扩张，也是作战的重要目的之一。

例题图 1

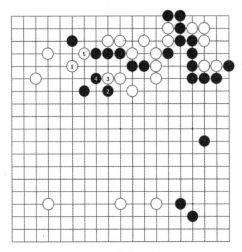

如图，白1是攻击黑棋的急所，黑若2位出头，白3、5可将黑棋分断。

例题图 1-1

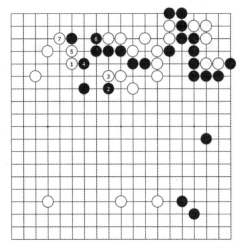

白3时，黑若4位，白5、7顶完再虎角地很大，这块黑棋缺乏眼位，后期作战黑棋必然受其牵连。

例题图 1-2

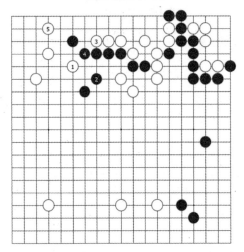

白1时，黑若2位联络，白3、5夺其根据地，结果与前图大同小异。

例题图 1-3

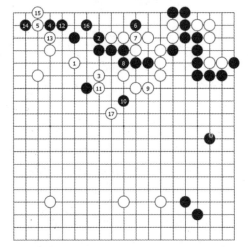

故白1时，黑2建立根据地，白3分断，黑4以下做活，如图进行至白17，白棋通过攻击扩张了左边的势力，局面白棋生动。

例题图 2

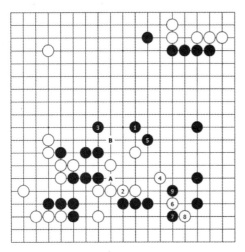

本图黑1镇头，攻击白棋的同时扩张右上一带的模样，A位的弱点使白棋不便于B位一带出头，白2、黑3各自补棋，白4时，黑5进一步扩张模样，对于白6，黑准备了7、9的应对。黑棋通过攻击实现了扩张的目的。

例题图 2-1

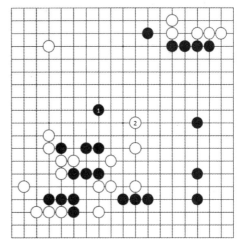

黑若1位虽可以强化这块棋，但白2出头的同时也消减着黑棋的势力。

例题图 3

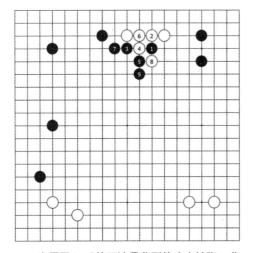

本图黑1、3的下法是典型的攻击扩张，非常紧凑，如图进行黑棋扩大了左边的模样。

例题图 4

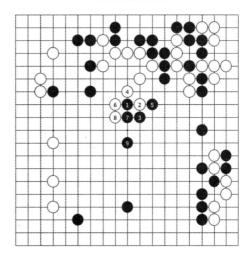

这个局面黑1是攻击扩张的好点，白2以下寻求出路，如图进行黑棋顺势扩张了右边的模样。

小结：
　　通过攻击对方的棋子使己方势力和模样顺势扩张，是紧凑的扩张方法，也是重要的作战目的。

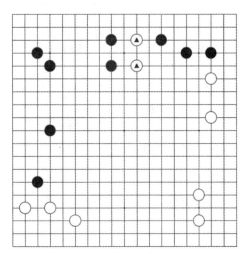

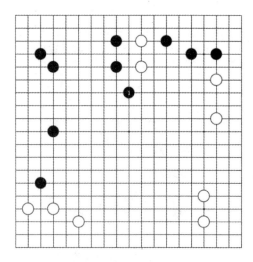

黑先，如何攻击▲白棋的同时扩张左边模样?

黑1飞攻击白棋的同时扩张左边模样。

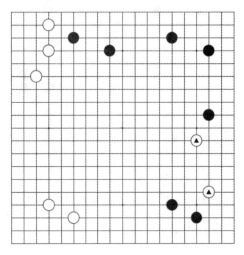

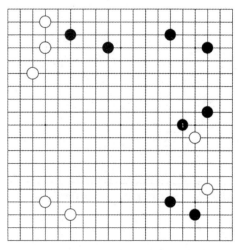

黑先，如何攻击▲白棋的同时扩张右上模样?

黑1飞攻击白棋的同时扩张右上模样。

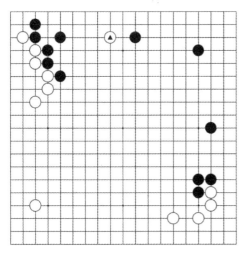

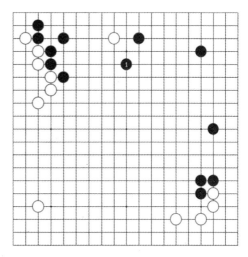

黑先，如何攻击▲白棋的同时扩张右边模样?

黑1飞攻击白棋的同时扩张右边模样。

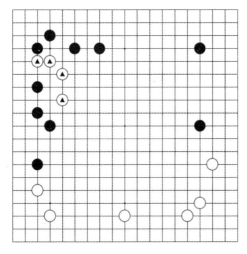

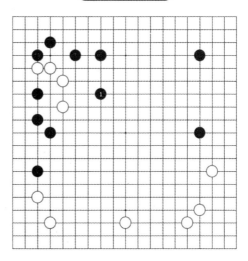

黑先，如何攻击▲白棋的同时扩张上边模样?

黑1二间跳攻击白棋的同时扩张上边模样。

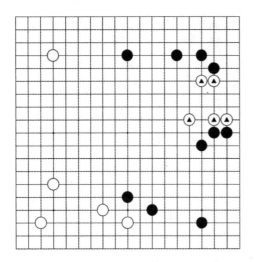

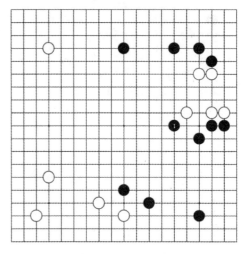

黑先，如何攻击▲白棋的同时扩张右下模样?

黑1飞攻击白棋的同时扩张右下模样。

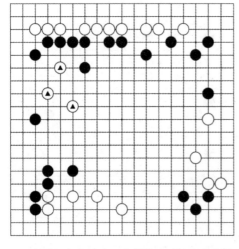

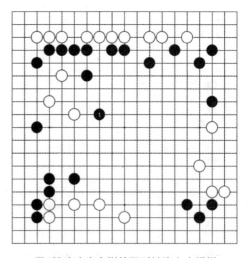

黑先，如何攻击▲白棋的同时扩张上方模样?

黑1镇头攻击白棋的同时扩张上方模样。

第3节 以攻为守

有时候攻击不仅可以给对方施压，还会起到防守的作用，相比单纯的防守，"以攻为守"是更为积极的防御策略，甚至有攻击是最好的防守之说，接下来就对这一专题进行研究。

例题图 1

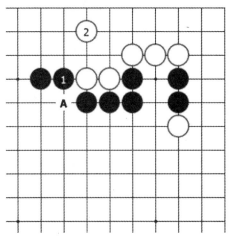

如图，对于A位的弱点，黑1顶可以补强，白也于2位跳补，如此白棋充分。

例题图 1-1

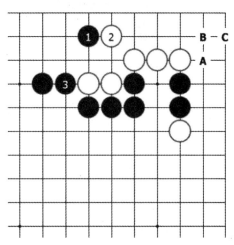

黑1先攻击白棋，白若2位应，黑再回到3位，与前图相比黑棋充分。角部以后还留有黑A、白B、黑C连扳开劫威胁白棋死活的手段。

例题图 1-2

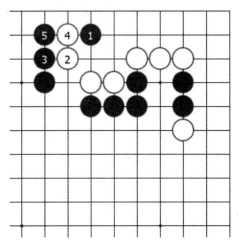

黑1时，白2若进行分断，黑3、5顺势贴下，如此黑棋外围变厚，达到了以攻为守的目的。

例题图 2

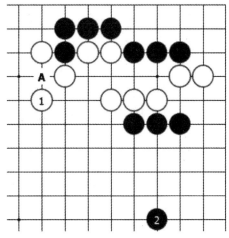

对于A位的弱点，白1位补棋略显单调，黑2拆边可以满意。

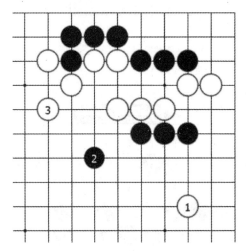

例题图 2-1

白1夹攻黑棋，黑2出头，白3顺势补棋充分。白1夺取了黑棋拆边的可能。

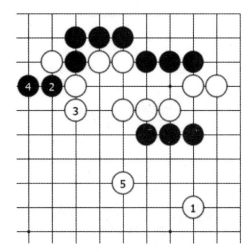

例题图 2-2

白1时，黑若2位断，白3长，黑若4位补，白5转守为攻。

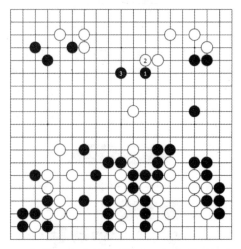

例题图 3

如图，黑1是侵消的好点，白若2位单纯防守上边，黑3跳，如此中腹的白棋呈被黑棋包围之势，上方的白棋也未到达有效的防守。

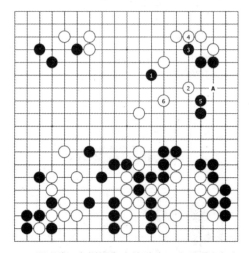

例题图 3-1

黑1时，白棋不在上边防守，白2反过来也威胁右边的黑棋，黑3与白4交换后，黑5防白A位的跳，白6和白2阻断黑棋的联络，如此黑棋不敢贸然破坏白棋的上方，白棋达到以攻为守的目的。

小结：以攻为守是追求高效率的防御，通过攻击以牵制对方来实现防守的目的。

练习题 1

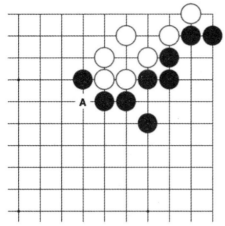

对于A位弱点，黑如何防守?

正解图

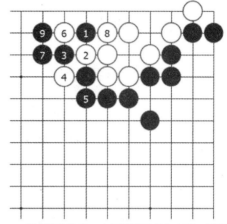

黑1以攻为守，白2以下寻求安定时，黑棋顺势走厚。

练习题 2

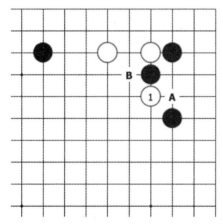

白1希望黑A位应，白再B位补棋，黑如何应对?

正解图

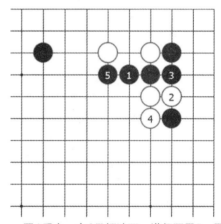

黑1反击，白2只好冲下，进行至黑5，黑棋充分。

练习题 3

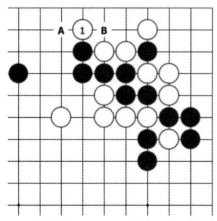

白1希望黑A位应，白再B位补棋，黑如何应对?

正解图

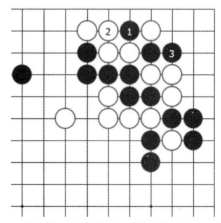

黑1断，白若2位粘，黑3长就成立了，白棋崩溃。

变化图

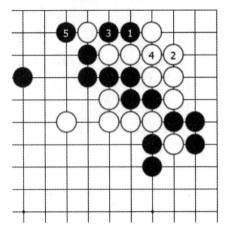

黑1时，白若2位应，黑3、5进行，黑棋充分。

练习题 4

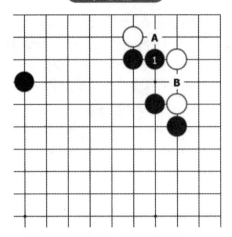

黑1希望白A位应，黑再B位打吃，白如何应对？

正解图

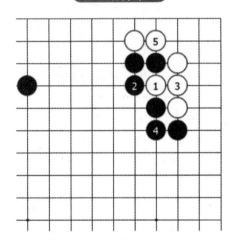

白1反击，以下进行至白5，白棋充分。

变化图

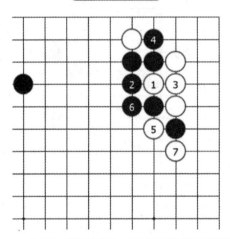

白3时，黑若4位冲，以下转换结果白棋满意。

练习题 5

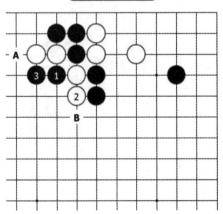

黑1、3攻击白棋，并将A、B两点视为见合，白如何应对？

正解图

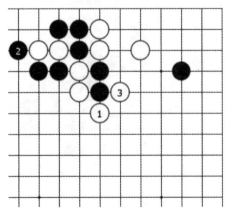

白1以攻为守，黑2、白3形成转换，白棋满足。

108

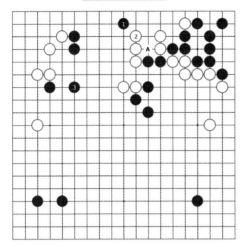

黑1飞瞄着A位冲断，白若2位补棋单调，黑3大跳出头满足。那么黑1时，白棋如何应对？

正解图

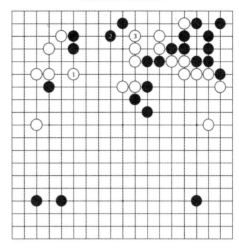

白1以攻为守，黑2是本手，白3再补棋不晚。

参考图

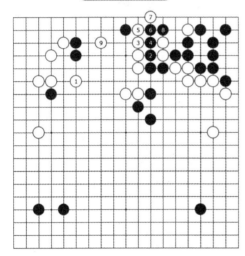

白1以攻为守，黑2以下若执着吃右边白棋，如图进行左边黑棋将遭到重创，至白9结果白棋满意。

第4节 牵制与压迫

作战时可通过牵制使对方子力活动不便，利用对方子力受制的良好时机，乘胜追击，使其受到压迫，从而掌握局面的主导权。

例题图1

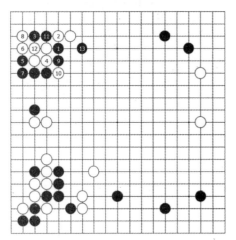

如图，双方正在作战，黑1、3寻找头绪，白4至白8是正常应对，黑9希望白在角上补棋，此时白10断紧凑，由于白棋角部尚未补棋，黑1、9这两颗子还很重要，于是黑13跳出与白作战，如此白10断起到牵制黑棋使战斗继续蔓延的作用。

例题图1-1

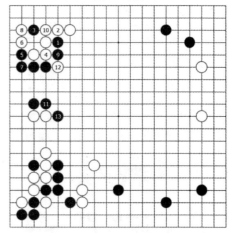

黑9时，白10若马上在角内补棋，黑棋就会有更多的选择，如图黑11贴起强化左边，白12再来断时，由于此前白10已经补了一手棋，黑棋就可以将黑1、9这两颗子看轻，黑13扳头继续强化左边。

例题图1-2

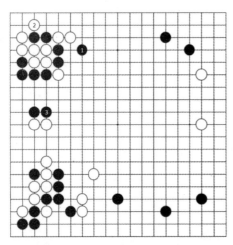

续例题图1，黑1跳出后，白棋仍有继续牵制黑棋的好棋，白若2位补棋平淡，黑3也强化左边。

例题图1-3

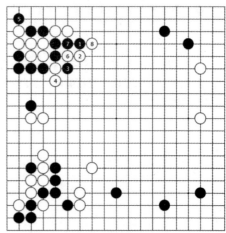

黑1时，白2碰继续牵制黑棋，黑若3位打吃，白4长对左边的黑棋影响很大，黑若5位扳，白6断可将黑棋征吃。

例题图 1-4

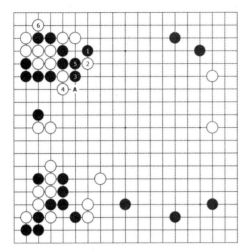

白4时，黑5只好补棋，白6再回到角上补棋，由于白4的存在以及白A位的先手利用，左边黑棋的处境很不利。

例题图 1-5

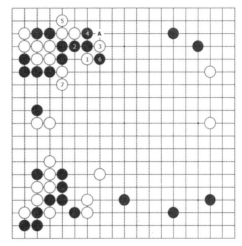

白1时，黑2忍耐，白3乘胜追击，黑4拐，白5应，黑若6位断反击，白7长，黑棋不仅要治理左边，上边一旦让白A位贴住也将十分被动，黑棋备受压迫。

例题图 2

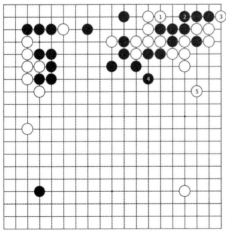

右上双方正在作战，白1、3虽吃住黑棋，但以后还需要收气，效率并不高。黑4补棋后，白5也需要补棋，如此黑获先手可抢占其他大场。

例题图 2-1

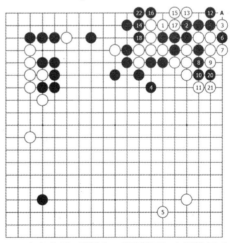

右上白5如果脱先，黑6以下与白棋进行对杀（白19=黑6），黑20使白无法在A位入气，对杀黑胜。

例题图 2-2

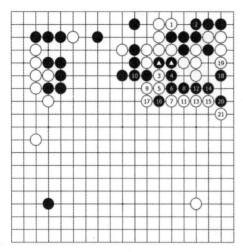

此时白3断是紧凑的好棋，如能吃住两颗△黑子，右上白棋可省略补棋，黑4只好应战，以下进行至白21为一本道。

例题图 2-3

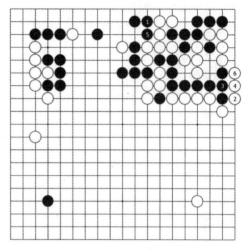

黑1如果收气，白2以下进行至白6，对杀黑棋失败。

例题图 2-4

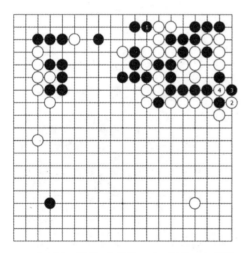

白2时，黑若3位做劫，白4提劫，黑棋找不到合适的劫材。

例题图 2-5

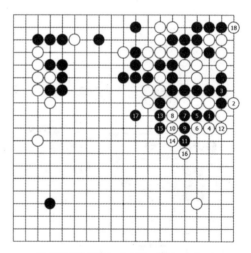

黑1断寻找头绪，白2以下进行至白12，黑13、15时，白14、16是简明的应对，黑17虽然吃住白四子，但白右边也收获巨大，白18再回到右上收气，白棋满足。

小结：
　　牵制是紧凑的战术，可以有效限制对方的行棋计划，减少对方的选择，以期达到压迫对方使局面更为主动的目的。

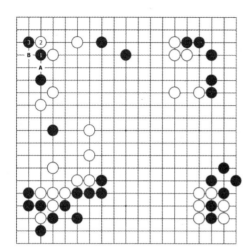

黑1、3寻求安定，A、B两点白棋如何选择？

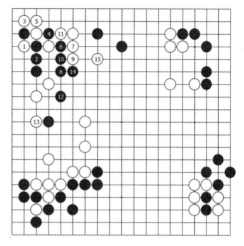

白1、3是强手，不让黑棋获得安定，黑4、6时，白7是对黑棋整体进攻的好棋，至白15，黑棋左上未得到有效治理，上方的黑棋也会受其牵连，局面白棋主动。

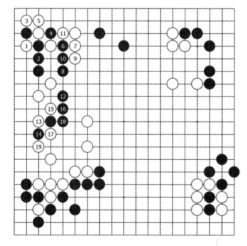

白13时，黑14试图分断，白15以下可以应对。

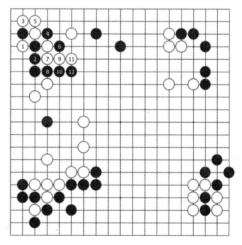

黑6时，白若7位长，被黑8以下顺势冲出，白棋不利。

参考图

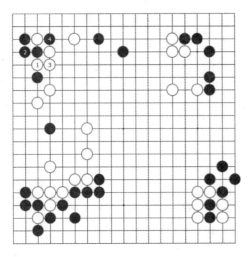

白若1、3定型，黑4可以在角上获得安定，如此黑棋轻松。

练习题 2

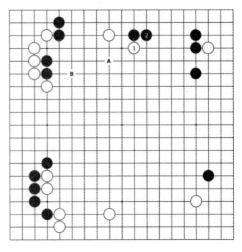

白1、黑2后，白棋需要在A位一带补棋，但黑棋也在B位一带补棋，如此黑棋较为轻松，那么白棋应如何行棋？

正解图

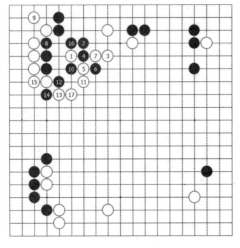

白1点不让黑棋轻松安定，黑2反击，白3顺势跳出，黑4以下寻求出路，白5至17将黑棋封锁，白棋生动。

变化图

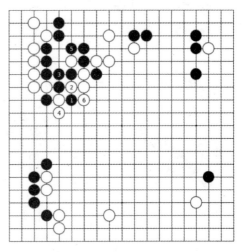

前图黑16若于本图黑1试图出头，白2断，黑3必须要粘，至白6，黑棋仍被封锁。

练习题 3

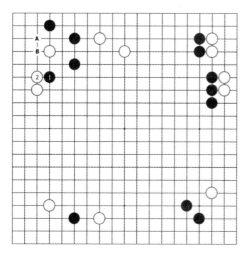

黑1、白2后，A、B两点黑棋如何选择?

正解图

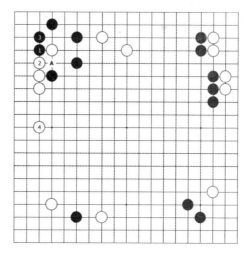

黑1位托紧凑，白若2、4应，黑棋留有A位断。白4若A位粘，则黑棋获得先手。

变化图 1

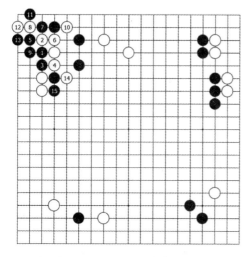

黑1时，白2反击，以下进行至黑13时，白若14打吃，由于黑棋征子有利，黑15长，如此又影响到白棋左边两子，白棋活动受制。

变化图 2

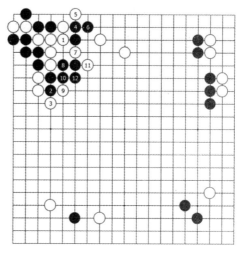

白若1位粘，黑2、4应对，白5、7试图突围，黑8位顶可以擒拿白棋，白9、11抵抗时，黑12是冷静的好棋。

变化图3

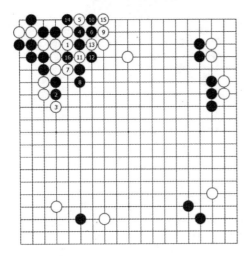

黑6时，白若7位以下进行做劫，至黑16，白棋全盘无合适的劫材。

参考图

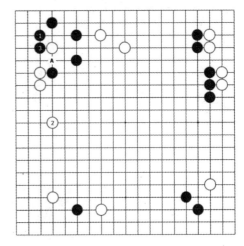

黑若1位点"三·三"，白2可以选择拆边，即使黑3爬，以后白棋也留有A位出逃的余地。

练习题4

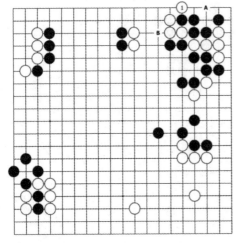

白1扳威胁角部的黑棋，A、B两点黑棋如何选择？

正解图

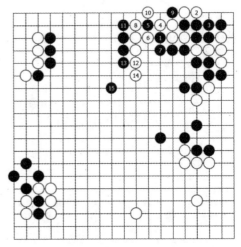

黑1扳机敏，白4时，黑5连扳牵制白棋在角部的进攻，进行至白10，黑棋角部已经安全，黑11以下保持攻势。

变化图

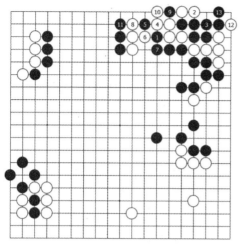

黑9时，白若10位提，黑棋角部仍可脱先，白12、黑13，白棋不入气。

参考图

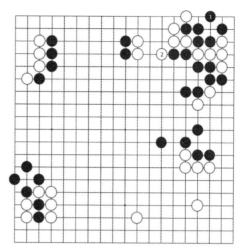

黑若1位补棋，白2扳出，如此白棋轻松。

练习题 5

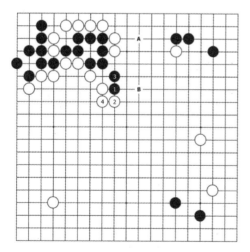

如图进行至白4，中腹的黑棋需要寻求安定，A、B两点黑棋如何选择？

正解图

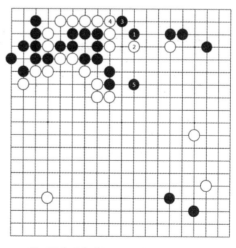

黑1逼住是好棋，只要白棋不安定，中腹的黑棋就是安全的，白2出头，黑3先手便宜，白4应，黑5顺势加强中腹。

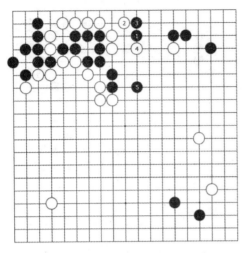

黑1时，白2重视眼位，黑3应，白4、黑5
与前图大同小异。

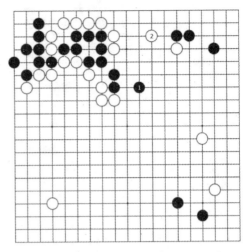

黑若1位跳，白2拆边舒服。

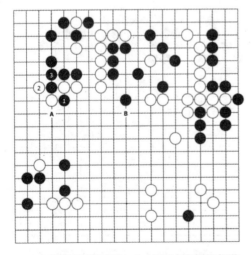

如图进行至黑3时，A、B两点白棋如何选
择?

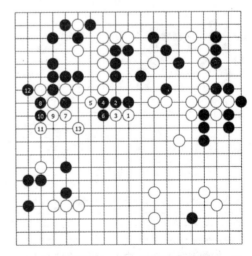

白1碰是好棋，上方的黑棋需要治理，所
以腾不出手攻击左边的白棋。黑2出头，以下
进行至白13，白棋左边顺势得到治理。

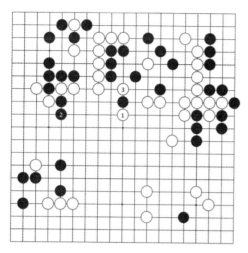

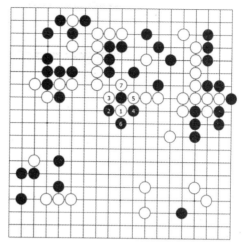

白1时，黑若2位继续攻击左边白棋，白3夹，上方的黑棋也很危险。

白1时，黑若2位扳，白3断，以下进行至白7，黑棋不利。

参考图

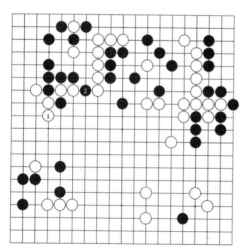

白若1位退单纯应对，黑2打吃，上方的白棋和左边的白棋都需要治理，白棋苦战。

棋　诀

一曰布置

盖布置，棋之先务，如兵之先阵而后敌也。意在疏密得中，形势不屈，远近足以相援，先后可以相符。若入地境，或于六三、三六下子，及九三与十三之着，斯不执一，进退合宜。诀曰："远不可太疏，疏则易断；近不可太促，促则势赢。"用意在人，此乃为格。

二曰侵凌

夫棋，路无必成，子无必杀，乘机制变，不可预图。且布置已定，则强弱未分，形势鼎峙，然后侵凌之法得以行乎其间，必使应援相接，勾落相连，多方以权逼，迤逦而侵袭。侵袭若行，则彼路不得不促；拥逼渐急，则彼势不得不赢俟乎。您而先动，则视敌而率其情，观动则制乎变。此之谓善弈者也。

三曰用战

用战之法，非棋要道也。不得已而用之，则务在廉谨以守封疆，端重而全形势。封疆善守，则在我者实矣；形势能全，则在我者逸矣。夫以实击虚，以逸待劳，则攻必胜，战必克矣。

四曰取舍

取舍者，棋之大计。转战之后，孤棋隔绝，取舍不明，患将及矣。盖施行决胜谓之取，弃子取势谓之舍。若内足以预奇谋，外足以隆形势，纵之则莫御，任之则莫攻，如是之棋，虽少可取而保之；若内无所图，外无所援，出之则愈穷，而徒益彼之势；守之则愈困，而徒壮彼之威，如是之棋，虽多可舍而委之。棋者，意同于用兵，故叙此四篇，粗合孙吴之法。古人所谓："怯敌则运计乘虚，沉谋默战于方寸之间，解难排纷于顷刻之际。动静迭居，莫测奇正。不以犹豫而害成功，不以小利而妨远略。"此非浅见谀闻者，能议其仿佛耳。

北宋·刘仲甫

黑方： _____　　时间： _____

白方： _____

胜负： _____

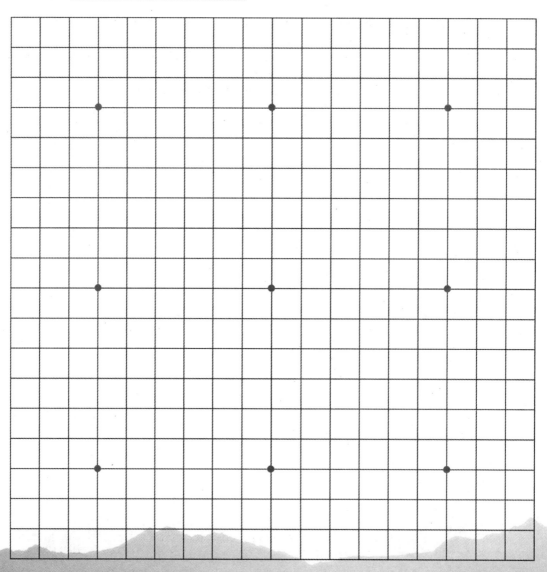

打劫记录：

对局简评

技术层面

心理层面

思维层面

认知提升

成长感悟

第四章 作战的时机

第1节 前期准备和试应手

兵马未动，粮草先行。前期准备是作战的有力后盾，然而有时候无法确定对方的动向，这就需要投石问路，通过试探对方的应手来做进一步的决策。

例题图1

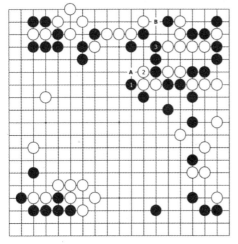

如图，双方进行至黑3时，黑棋将A、B两点视为必得其一，而此时正是白棋试探黑棋应手的好时机。

例题图1-1

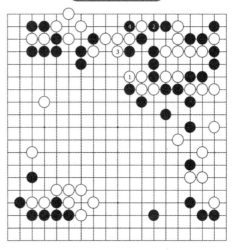

白若1位逃，黑2顶，白3封锁，黑4打吃，如此右上的白棋陷入险境。

例题图1-2

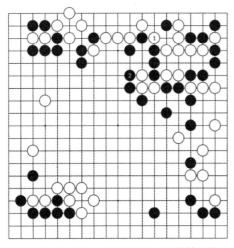

白若1位联络，黑2贴将白三子棋筋吃住，黑棋满意。

例题图1-3

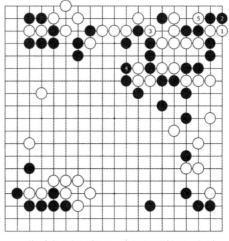

此时白1立是好手，看看黑棋如何应对，黑若2位应，白再3位联络，黑若4位，白5打吃，黑角不活。

125

例题图 1-4

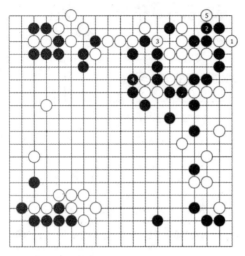

白1时，黑若2位粘，白3联络，黑若4位，白5位托，黑角仍然不活。

例题图 1-5

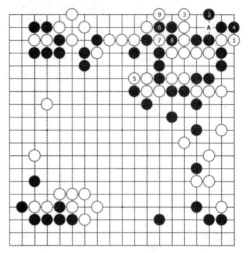

白1时，黑2虎是做活要点，白3立瞄着A位扑，黑4补棋，现在白5可以逃了，黑6时，白7、9取得联络，这是白1、3前期准备的效果。

例题图 2

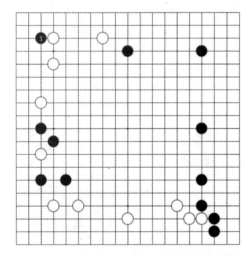

本局面轮黑棋下，右边黑棋的模样需要发展，在此之前黑1先在左上角碰试应手，黑棋将根据白棋的应手确定之后的行动。

例题图 2-1

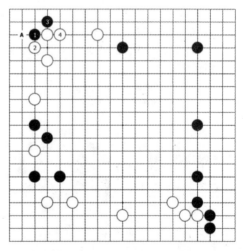

白2虎是重视左边的应对，黑3扳继续试应手，白若4位退，黑棋留有A位立活角的手段。

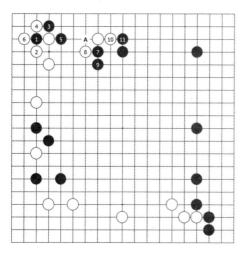

例题图 2-2

黑3时，白4断重视角地，黑5先手利用，如图进行至黑11时，黑事先3、5的交换使A位断变得严厉，白需要补棋，黑有效扩大了右边的模样。

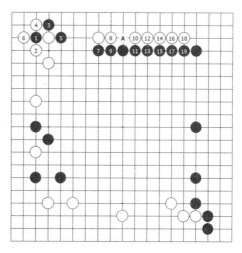

例题图 2-3

黑7时，白若8位冲，黑既可以在A位挡还原前图，又可以选择黑9位粘，如图进行至黑19，黑棋外势强大。

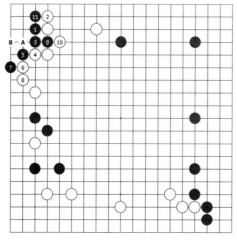

例题图 2-4

黑1时，白若2位立，黑3以下进行至黑11，白若A位断，黑B位做劫。黑棋可暂作保留，伺机而动。

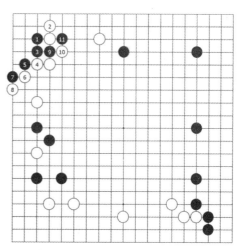

例题图 2-5

黑7连扳时，白若8位打吃，黑9、11冲断，白棋麻烦。

小结：

前期准备对后期的作战影响巨大，通过试应手可以了解对方的动向，从而进一步确定后期的作战方向。

练习题 1

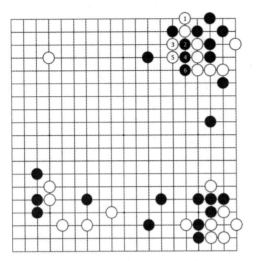

白1分断黑棋，但黑2断的征子变化对白不利，为此白棋如何提前准备？

参考图 1

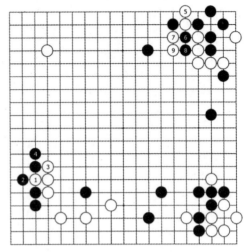

白1冲，黑若2位应，白3与黑4交换后，白5已成立，黑若6位断，白7、9征子有利。

参考图 2

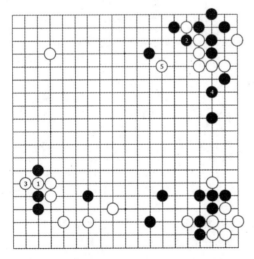

白1时，黑2反击，白3冲下价值巨大，黑4攻击左上白棋，白5再进行腾挪。

练习题 2

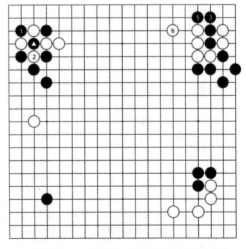

黑1断，白2提劫，黑3找劫材，白4消劫（白4=△黑子），黑5的后续不够严厉，为此黑棋如何提前准备？

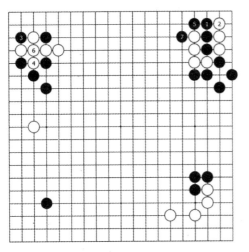

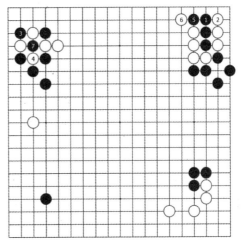

黑1长，白2应，黑再3位断，白4提，黑5是好劫材，白6若消劫，黑7扳出严厉。

黑5时，白若6位应，黑7提劫，右上黑棋的劫材很多，黑棋有利。

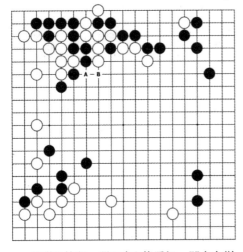

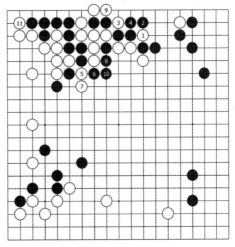

白若A位断，黑可在B位反打，那么白棋在此之前可以做些什么呢?

白1位断试应手，黑若2位应，白3与黑4交换后，白5断可以成立，如图进行至白11，对杀白胜。

参考图 2

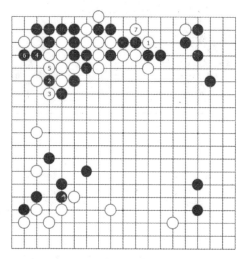

白1时，黑2以攻为守，以下进行至白7形成转换，双方各有所得。

练习题 4

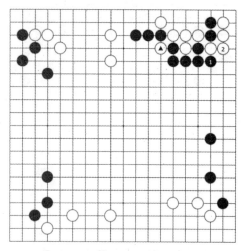

黑1若与白2定型，白棋角部味道变好，且黑棋要顾虑▲白子的动出，黑1之前可对白棋试应手。

参考图 1

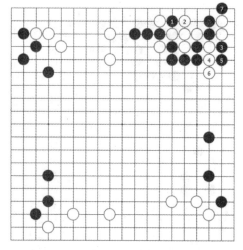

黑1断试应手，白若2位应，黑3、5进行后，黑7扳的手段可以成立，黑1断使白棋气紧。

参考图 2

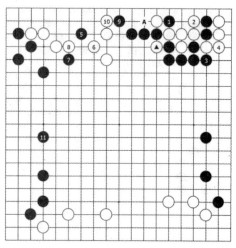

黑1时，白若2位应，黑再3是好次序，黑有A位吃，缓和了▲白子动出的严厉性，之后黑可考虑如图进行。

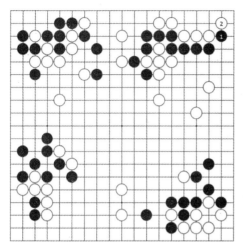

当前局面右上角的攻防是焦点，黑1扳，白2应，此时黑可对白试应手。

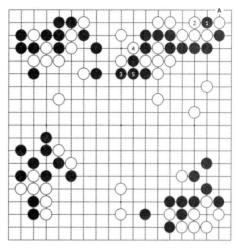

黑1断试应手，白若2位应，黑棋留有A位做劫的手段，之后黑3、5进行，白棋苦战。

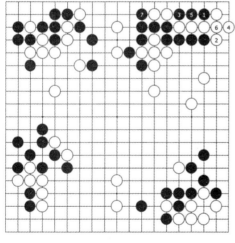

黑1时，白若2位应，黑3以下进行获得安定。

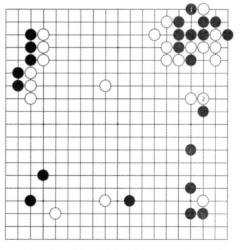

右上角黑棋面临做活的问题，黑若1位直接做活，白2挡住是好点，黑1在做活之前可对白棋试应手。

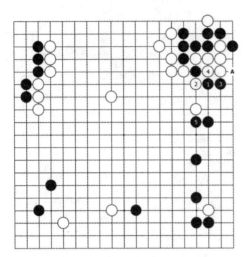

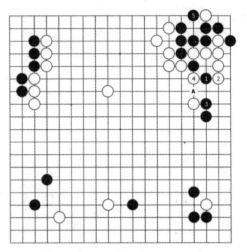

　　黑1尖试应手，白若2位打吃，黑3贴，白4提，黑棋留有A位渡，黑得以脱先于5位强化右边。

　　黑1时，白若2位爬，黑3与白4交换后，黑5再做活可以满足，将来黑棋留有A位打吃的借用。

第2节 局部与全局得失判断

有时候局部打了胜仗却导致全局受损，也可能局部吃亏使得全局变为主动，这些现象都说明了很多时候局部得失和全局配合是矛盾的，应该说局部是要服从于全局的，接下来就对这一专题展开研究。

例题图 1

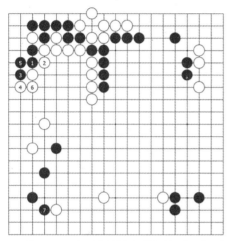

黑1、3正在对白棋地盘进行搜刮，白4连扳，黑5应，白6粘，白棋最大限度地防守了地盘，但白棋落了后手，黑7占据左下角好点。

例题图 1-1

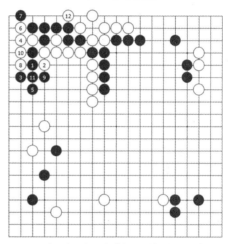

黑3时，白4立是好棋，黑若5位打吃，白6以下进行至白12，黑棋角部被杀。

例题图 1-2

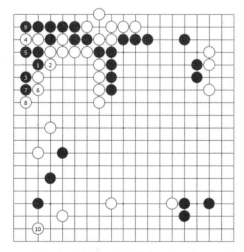

白4时，黑5应，以下进行至白8时，黑9补棋不能省，与例题图1相比，白棋的地盘要少一些，但白棋获得先手争得白10飞的好点，使左下黑棋不安定，白棋可以满意。

例题图 1-3

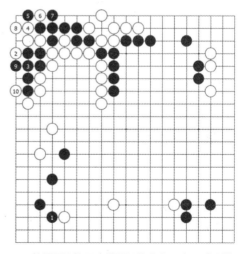

前图黑9若于本图黑1位走左下角，白2以下进行至白10形成劫，黑棋不利。

例题图 2

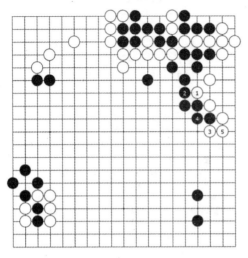

白1虎威胁黑棋的联络，黑若2位连接，白3打吃出头，如此白棋阻扰了黑棋上下连片的配合。

例题图 2-1

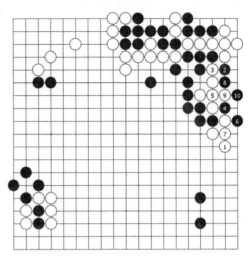

前图白5若于本图白1位虎，黑2以下进行将形成劫。黑2时，白3于黑8位夹可以避免打劫，但目数受损，所以本图白棋的选择有利有弊。

例题图 2-2

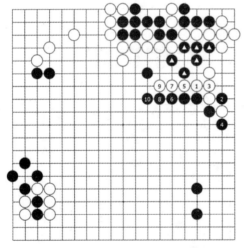

白1时，黑2、4进行反击，对于白5冲，黑6以下连退即可，虽然△黑子被吃，但黑棋下方模样壮观，黑棋完全可以接受。

例题图 2-3

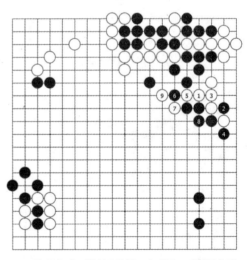

白5冲时，黑若6位挡，与黑2、4的配合明显不连贯，白7、9断吃，黑棋不利。

小结：判断得失应将局部与全局相结合，灵活弃取，积极争先。

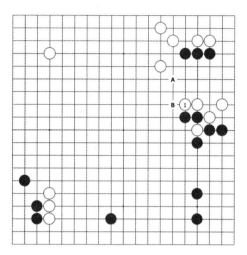

白1贴，此时A、B两点黑棋如何选择?

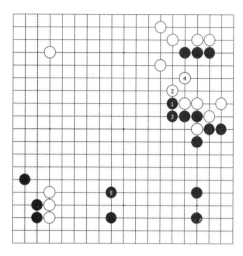

黑1、3将上方三子弃掉，白4补棋，黑5跳价值巨大，黑棋简明。

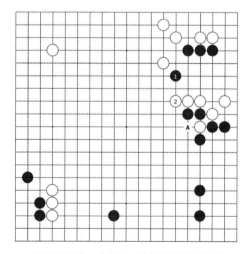

黑若1位逃，白2长，黑棋需要治理这块弱棋，白棋还留有A位动出。

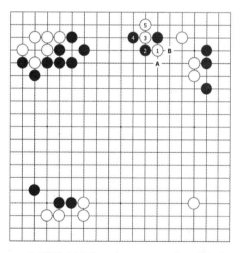

如图进行至白5时，A、B两点黑棋如何选择?

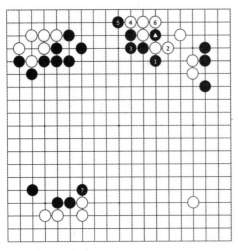

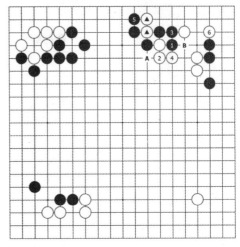

黑1、3弃掉△黑子简明，白4、6补棋，黑7继续扩张左边的模样。

黑若1、3进行，以下至白6，黑棋虽吃住白▲两子，但A、B都是白棋的先手利用，黑棋效率不高。

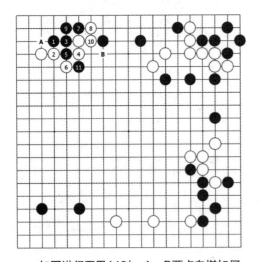

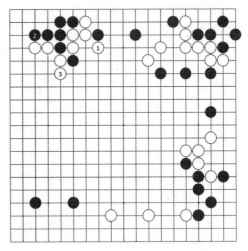

如图进行至黑11时，A、B两点白棋如何选择？

白1虎是正着，黑2活角，白3长走厚外围，局面白棋生动。

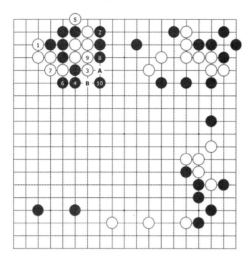

白若1位拐，黑2以下弃子封锁，以后黑棋还有A、B的先手利用，对右边的作战影响很大。

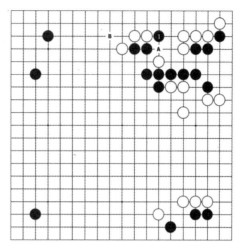

黑1扳，此时A、B白棋如何选择?

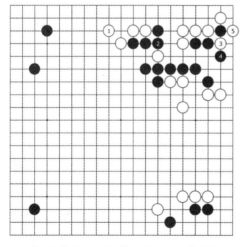

白1虎是本手，黑2粘，白3、5强化角部，局面漫长。

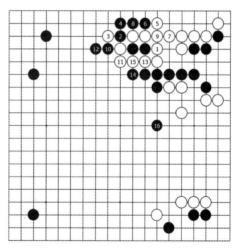

白若1位断，黑2严厉，如图进行至白9时，黑10、12简明有利，白13、15吃黑两颗子的效率低，全局黑棋生动。

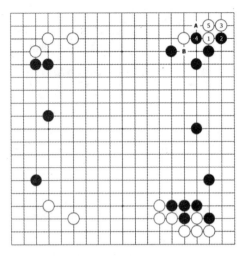

如图进行至白5为实战常型，此时A、B两点黑棋如何选择?

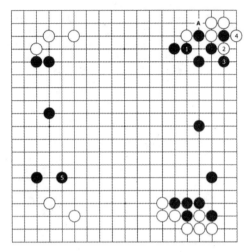

黑1挡住，白2、4做活，虽然白棋留有A位的联络，但黑棋获得先手，黑5占据大场。

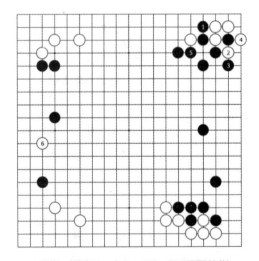

黑若1位冲下，白2、4后，黑5需要补棋，如此白6占据大场。

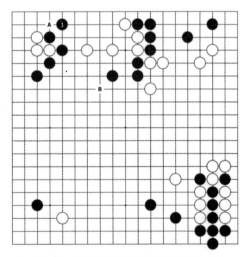

黑1时，A、B两点白棋如何选择?

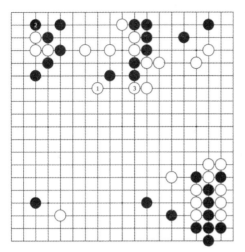

白1出头很重要，虽然被黑2吃住角部，但白3控制住了中腹的黑子，形成了双方都可接受的转换。

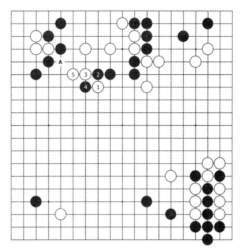

白1时，黑若2、4冲断，白5长瞄着A位的断，同时黑棋无法征吃白1这颗子，白棋充分可战。

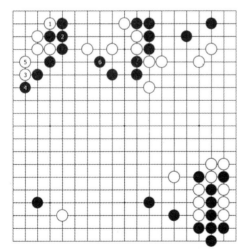

白若1、3做活角部，黑6尖，上方的白棋十分被动。

第3节 行棋次序和攻防节奏

在作战中，行棋的次序非常重要，有时候巧妙的行棋次序会使得对方手忙脚乱，从而将攻防导向对己方有利的节奏中。

例题图 1

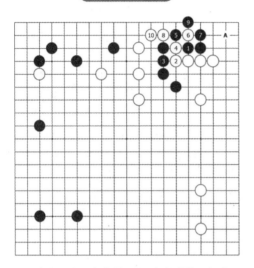

右上双方正在作战，黑1很想联络，但白2以下进行可将黑棋分断，黑棋外围四颗子受攻，角部还留有被白A位搜刮的可能，黑棋被动。

例题图 1-1

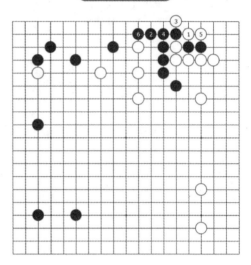

白1时，黑2虎是一种选择，白3、5吃角，黑6虽然获得联络，但黑棋是后手，黑棋不能满意。

例题图 1-2

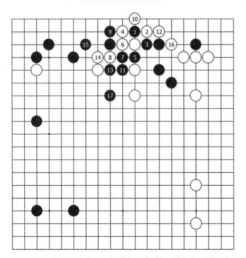

此时黑1位托是好棋，白若2位扳，黑3断取得作战的头绪，以下进行至黑17，黑棋得以腾挪，左边的潜力也很可观。

例题图 1-3

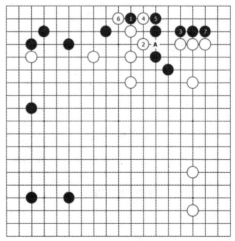

黑1时，白2是强手，瞄着A位的冲和二路的扳，此时黑再3位联络是好次序，白4如果扳，黑5、7在角部获得安定。

例题图 1-4

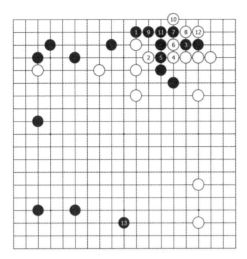

黑3时，白4以下选择分断黑棋，进行至白8时，黑9顺势联络，如此黑棋获得先手，黑棋满足。

例题图 2

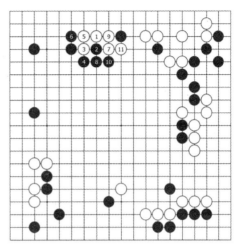

本图白1打入，黑2盖，白3挖或白5位长是普通的下法，如图进行至白11是一种定型。

例题图 2-1

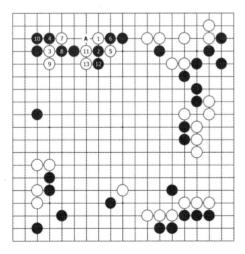

黑2时，白3转到角上碰，黑4扳，白5、7是好次序，进行至黑10，白11、13是好调子，黑无法在A位断，白棋这一连串操作节奏感极佳。

例题图 2-2

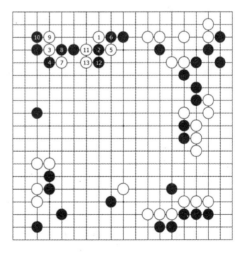

白3时，黑4从外侧扳是好棋，白5、7是好次序，进行至黑10，白11、13仍是好步调。

例题图 2-3

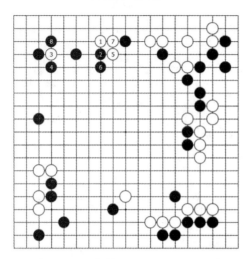

白5时，黑6长简明，进行至黑8双方各有所得。

例题图 2-4

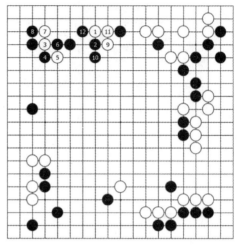

黑4时，白若先于5位扳，进行至黑8，白再9位时，黑仍10位长，与前图比较，白5、7与黑棋的交换损，黑12也可考虑脱先。

例题图 2-5

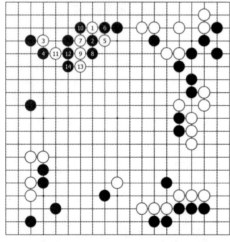

黑6时，白若先于7、9冲出，黑10断，白再11位扳时，黑12、14冲出，作战白棋不利。

小结：行棋次序的好坏对攻防节奏的影响巨大。

练习题 1

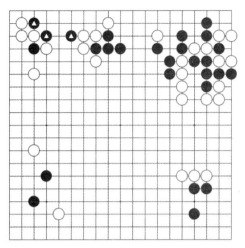

此时战斗的焦点在左上角，△黑棋如何出头？

正解图

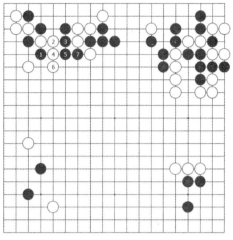

黑1、3是次序，以下黑棋顺调出头。

参考图

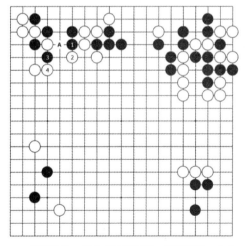

黑若1位，被白2扳头不好，黑再3时，白4将黑棋封锁。黑1若走A位是俗手。

练习题 2

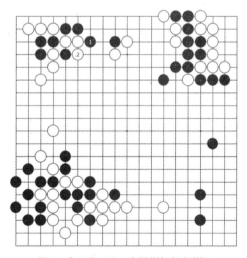

黑1、白2后，下一步黑棋如何行棋?

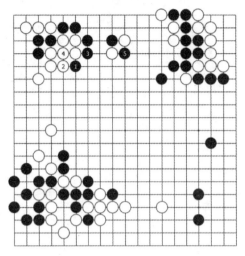

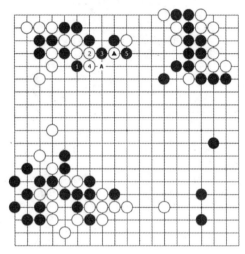

黑1打吃是方向，白若2位提，黑3再打吃舒畅，之后黑5断对上方白棋进行冲击。

黑1时，白若2位，黑棋得到3、5的好调子，由于黑A是先手，▲白子已不便活动，黑棋生动。

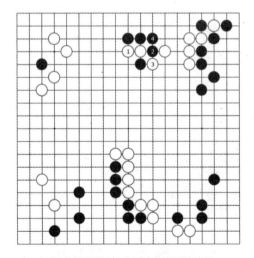

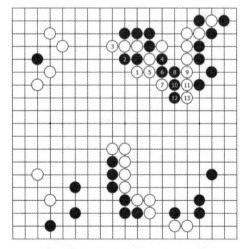

如图进行至黑4，之后白棋如何行棋？

白1、3是好次序，也是行棋的好步调，之后黑若4、6进行，白7、9以下顺势冲出，白棋的攻防节奏顺畅。

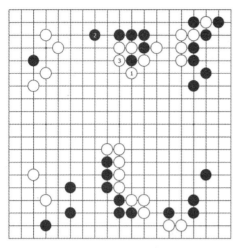

白1时，黑若2位跳，白3提子开花可以满足。

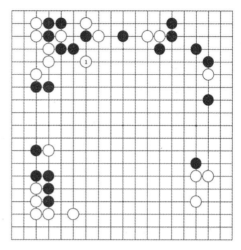

白1飞，黑棋如何应对？

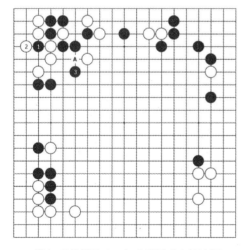

黑1、3是好次序，如此可防白A位冲断。

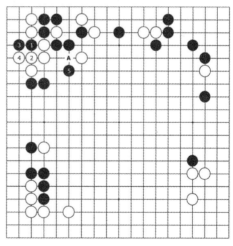

黑1时，白若2位应，黑3、5进行，白棋仍然无法在A位冲断黑棋。

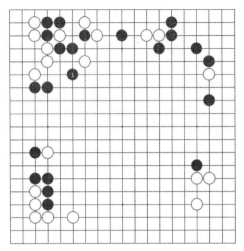

黑1跳，白棋该如何冲击黑棋？

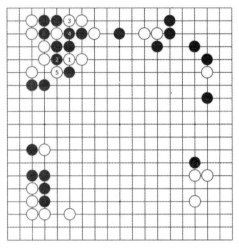

白1、3是好次序，黑若4位提，白5断严厉，黑棋崩溃。

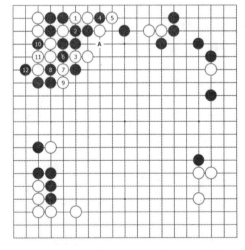

白若照1、3的次序进行，黑4断是好棋，白5应，黑棋留有A位出头，黑6冲，白若7位断，黑8以下进行至12，白棋崩溃。

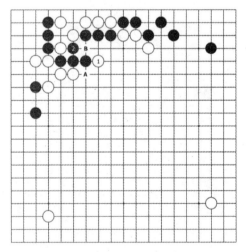

白1是手筋，黑2时，A、B两点白棋如何选择？

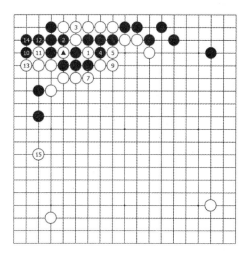

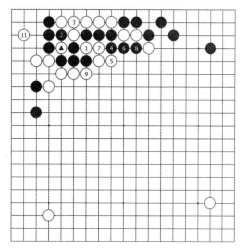

白1扑是好次序，黑2、4应，白5、7连续打吃是好步调（黑8=▲白子），之后黑棋需要在角上补棋，白15夹攻黑两子，局面白棋主动。

白3时，黑4试图出头，白5、7应对，黑8防白征吃，白9、11后（黑10=▲白子），对杀白胜。

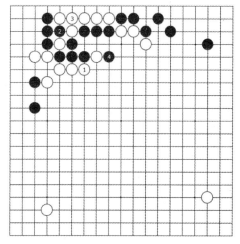

白若先在1位打吃，黑2提，白若3位粘想加以利用是做不到的，此时黑4可以出头。

第4节　保留余味和后续手段

作战必然要讲究时机，有时候马上定型收获不大，根据局面的变化以后再做定型可能更为有利，应保留余味，等时机成熟了再释放后续手段。

例题图1

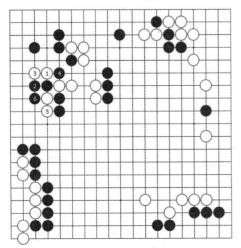

目前是双方在左上作战的局面，白1、黑2后，白3很想冲下，但黑4断，白棋无法在黑棋阵中出棋。

例题图1-1

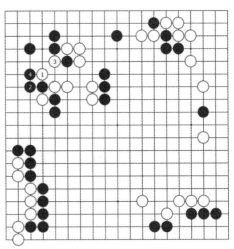

白若3位，黑4补，白棋的收获不大。事实上白3与黑4的定型帮黑棋消除了余味。

例题图1-2

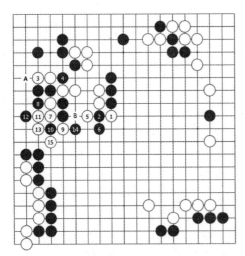

白先保留左边的定型，白1扳出头，黑若2位断，白3冲的后续手段成立，黑若4位断，以下进行至白15，A、B两点白棋必得其一。

例题图1-3

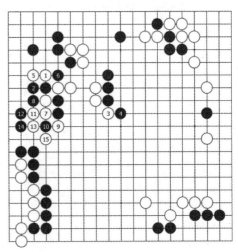

白3时，黑若4位扳，白5冲仍然成立，黑若6位断，以下进行至白15，与前图大同小异。

例题图 1-4

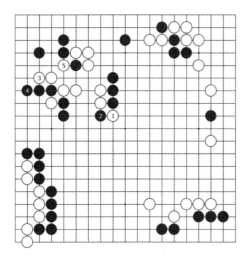

　　白3时，黑若4位退让，白5断吃可以满意。

例题图 1-5

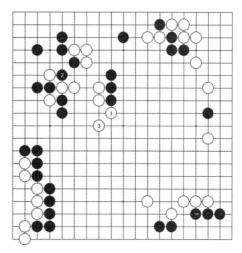

　　白1时，黑2补棋是本手，白棋得以3位虎出头。

例题图 2

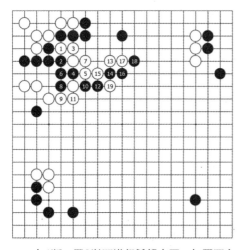

　　白1断，黑2以下进行希望突围，如图至白19，黑棋不能如愿。黑棋可保留这里的余味，等待出动的时机。

例题图 2-1

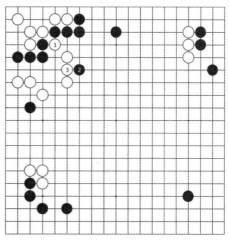

　　前图的变化黑棋虽不能成立，但黑2的先手利用也应保留，如图白3粘，黑棋等于消除了余味。

例题图 2-2

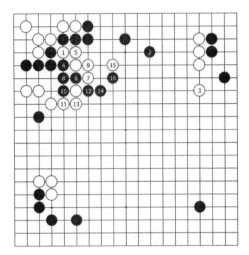

白1时，黑2先对右上的白棋施压，白若3位应，此时黑4动出可以成立，这也是黑2准备的后续手段，白5以下若如图进行，由于黑2的存在，白棋反倒被黑棋擒拿。

例题图 2-3

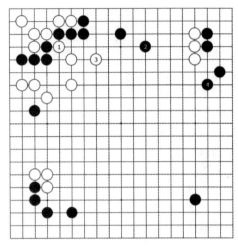

黑2时，白若3位补棋，黑4得以在右上连续行棋。

例题图 2-4

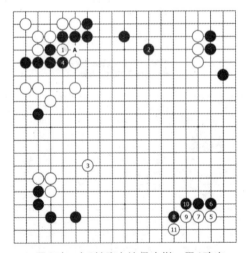

黑2时，白3扩张左边是大棋，黑4动出，白棋也将A位粘的余味暂做保留，白5点右下黑棋"三·三"是有趣的选择，由于黑棋A位粘的余味，黑棋是否要侵消左边白棋也要斟酌。

小结：
　　保留余味考虑到了后续变化的利弊，当时机成熟时再释放保留的后续手段则事半功倍。

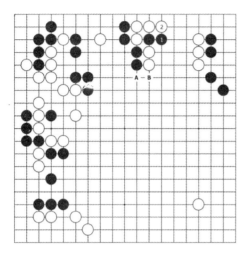

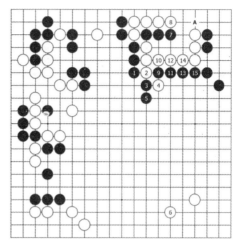

黑1长留下味道，白2应，下一步A、B两点黑棋如何选择？

黑1长保留余味，以下进行至黑5，白6若脱先，以后黑9至15是强有力的后续手段，将来A位还是黑棋的先手官子，黑棋满足。

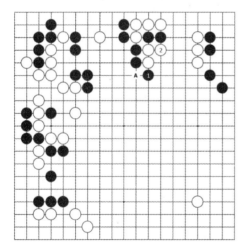

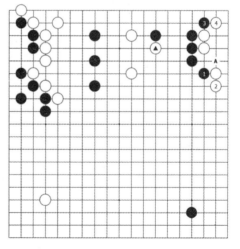

黑若1位扳，白2应，黑棋帮白棋消除了余味，黑棋自身因为有A位弱点还需要补棋。

如图进行至白4时，黑若马上在A位定型未必有利，此时黑棋可利用A位扳的余味对▲白子进行反击。

正解图

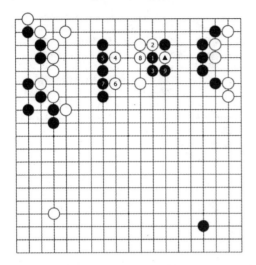

黑1、3是强手，白4以下强化自身，黑9吃住▲白子可以满足。

变化图

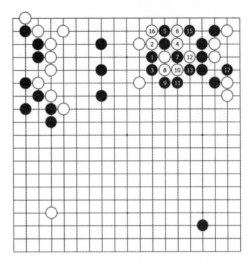

黑3时，白4以下若如图进行（白14＝黑7），黑15是先手，白16补棋，黑17可吃住白角，黑棋满足。

参考图

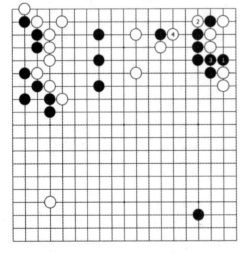

黑若1、3定型，白2、4应对，如此白棋轻松。

练习题3

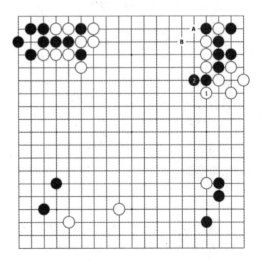

白1、黑2后，A、B两点白棋如何选择？

正解图

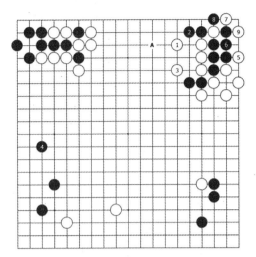

白1跳是好棋，黑若2位长，白3整形，以后白棋在A位一带有子时，白5以下进行可在角部形成劫争。

变化图

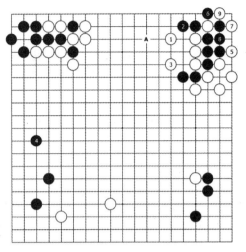

白5时，黑若6位提，白7托仍然可以形成劫。

参考图

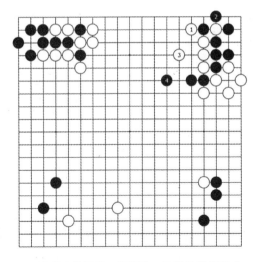

白若1位打吃，黑2提，角部的黑棋放心了。

练习题 4

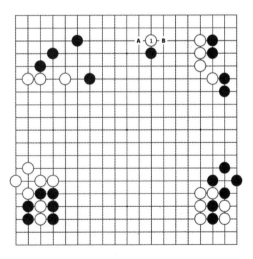

白棋保留了角部的余味于白1位托，此时A、B两点黑棋如何选择?

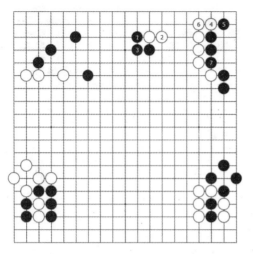

黑1扳是本手，以下进行至黑7，局面漫长。

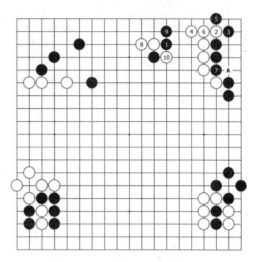

黑若1位扳，白2、4是早就准备好的后续手段，黑5、7防白A位的扳，白8舒畅，黑若9位冲，白10可将黑棋断开。

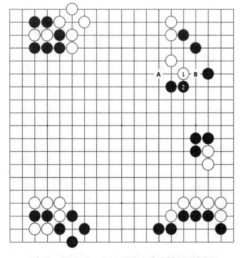

白1、黑2后，A、B两点白棋如何选择?

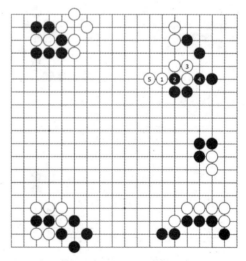

白1尖是瞄着黑空里的余味，黑2、4及时补棋，白5补棋，局面漫长。

变化图1

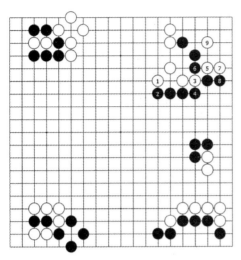

白1时，黑若2位应，白3以下的后续手段严厉，至白9，黑棋崩溃。

变化图2

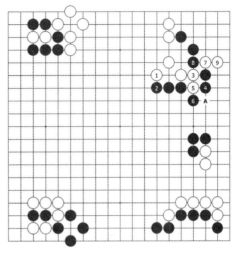

白3时，黑若4位退，以下进行至白9，白棋瞄着A位的断，黑棋困难。

参考图

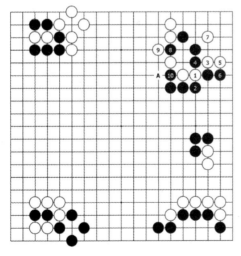

白若1、3直接行动，进行至白7时，黑8、10是组合拳。白棋A位是否有子是此变化能否成立的关键。

练习题6

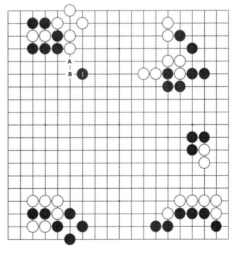

黑1侵消白棋模样，A、B两点白棋如何选择？

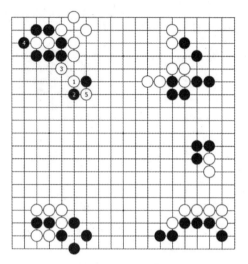

白1碰是紧凑的下法，黑若2位扳，白3虎是先手，黑4补棋必要，白5将黑棋断开。

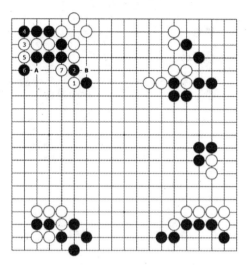

白1时，黑若2位挖，白3、5是准备好的后续手段，黑6时，白7将A、B两点视为见合。

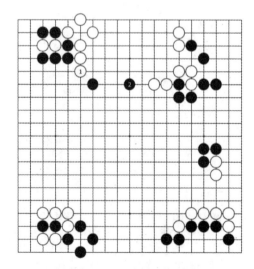

白若1位长，黑2可继续侵消白棋模样。

凡遇要处总诀

◎ 起手据边隅，逸己攻人原在是。边角根基既足，自然不战屈人。

◎ 入腹争正面，制孤克敌验于斯。争据正面之大道，逼敌小径以成功。

◎ 镇头大而含笼制虚，宽攻为妙。镇阻大路，当以宽舒制敌，紧则启变。

◎ 尖路小以阻渡避坚，紧处方宜。关值无情而惧挖，尖因被碍于左右。

◎ 关胜长而路宽，须防挖断。挨长被挺之时，扳惧断者，关佳，须不畏挖也。

◎ 飞愈挺而头畅，且避连扳。挨挺之时，彼既头高，脱飞胜挺，所以避扳。顶来再长，更畅。

◎ 形方必觑，跳托递胜虎接。跳胜托以避扳，托愈虎而扼要，接逊虎之情紧。

◎ 头软须扳，退虎任易长关。软头必扳，而退虎关长之应，任各择其当然之义。

◎ 逼孤占地，拆三利敌角犹虚。使无拆地孤终窘，不惧分投角尚虚。

◎ 阻渡生根，托二宜其边已固。彼既已实，不妨托，叠其坚，虚者酌用。

◎ 夺路压扳长胜退，顶断须防。长大须防顶而断，退促恐彼长而畅。

◎ 争根点立渡输尖，立扳预占。料敌惧隔不敢立，惟有上扳再渡较胜。

◎ 互关兼镇必关，任择飞尖与托。彼此关而兼镇，则向背输赢所系。

◎ 两打同情不打，推敲扳虎兼长。应法三般，各有当然之义，打则防变。

◎ 隔二隔三，局定飞边行乃紧。三路占地已定，必争二路充根，应则行紧。

◎ 拆三拆四，分势关腹补为良。恐彼投分，绪多难救，须关有情一边。

◎ 象眼尖穿忌两行，飞柔制劲。飞笼柔弱之处，劲处可敌其劲。

◎ 马步镇逼常单跨，软扳硬冲。有弊扳以避后，无病冲而图长。

◎ 并二腹中堪拆二（须不惧敌关而虚断），须防关扭。

◎ 双单形见定敲单（忌敌粘此而净，故夺），乃令粘重。

◎ 阴虎扁输阳虎畅。阴虎扁阔而落空，阳虎头高而情紧，纵敌觑轻而呆粘为当。

◎ 小飞窄逊大飞宽。凡坐子以及空花，得先必加大飞，方为舒畅。

◎ 拆三利敌虚高一。敌高一路而虚，拆三不甚惧投，若彼平头则忌拆。

◎ 隔二攻孤慎落单。凡攻逼定悬二路，而必争先再拆，逸以待劳也，慎勿被反逼也。

◎ 立二拆三三拆四。立二可以拆三，立三可以拆四，若立四拆五，恐单处有拦受分。

◎ 攻虚宜紧紧宜宽。攻虚而松，恐敌便变去，攻劲而紧，恐弱不胜强而反受制。

◎ 两番收腹成犹小。譬腹如街，岂能空占，多得边屋，蓄路自广。成破皆属单子而小。

◎ 七子沿边活也输。七子垂头，虽活失势，或因杀敌所致，亦酌轻重。

◎ 两处有情方可断。断其两地未净之处，方有牵制，否则彼可专顾也。

◎ 三方无应莫存孤。孤子当预谋活，否则弃而借用，慎勿再救也。

◎ 精华已竭多堪弃。弃呆子当如敝屣，争先别图恢复，强救则愈穷矣。

◎ 劳逸攸关少亦图。彼此劳逸所关之子，似轻而实系重，虽少必争。

◎ 滚打包收俱谨避。滚打假征而冲出，伤敌一边，包收揑吃一子而收胜势。

◎ 反敲盘渡并宜防。反敲夺敌正面之长，而使旁行小路，盘渡纵吃数子而通外。

◎ 静能制动劳输逸。有根静而逸，无根动而劳，静以制动，逸以待劳，成败之由也。

◎ 实本攻虚柔克刚。虚以实攻，刚以柔制，如敌气宽而劲，当用宽松之敲击也。

◎ 台象生根点胜托。台象竖关横镇三子，点敌拆二生根，拆一护断，彼粘我顶得先。

◎ 矩形护断虎输飞。矩形横竖皆数子，形如曲尺者，补断则飞胜于虎，为不受觑也。

◎ 觑敲有变宜从紧。必先觑再敲后补，先敲则无觑，若先补后觑再敲，则彼反打矣。

158

◎ 刺引无更可待机。无变之刺勿先，不特妨变，且滋敌内外眼位，并鲜寻劫之用。

◎ 凡义当争一著净。如出头封头，生根搜根，成势破势，成大破大，做眼破眼之类。

◎ 诸般莫待两番清。以上诸义，若待两着始足者，机缓而小矣，惟大局定后或可。

◎ 逸劳互易忙须夺。同此一步，彼据之则彼逸，我占之而我逸者，虽忙弗让也。

◎ 彼此均先路必争。彼此俱先，如倚盖争挺，我畅彼病之类，若彼转此步，舒窄互更。

◎ 二网张边侵共逼。大小二网，专为侵势攻孤，侵宜存己之拆，攻则阻敌之拆。

◎ 两花争角逸兼攻。彼此大花，外有应兵，则关五五得大意，否则争三三，逸而含攻。

◎ 后先有变机从紧。先后次序若倒置失时，则轻重异义而变化矣。

◎ 左右无孤势即空。势所以应远制孤也，如左右皆净，则空势反成单子矣。

◎ 局定飞边根欲足。布局大定，当从二路侵边，充己之根，即削彼之地也。

◎ 势分入腹路皆公。两分之势，彼此出头，则入腹皆为公路，勿图假好看，终成单子。

◎ 休贪假利除他病。无实际之先手勿先，则彼病未除，而会合腹中便有敲击两用。

◎ 莫恋呆棋受敌制。无情之子宜弃，恋则受制，纵得逃生，他处又伤矣。

◎ 取重舍轻方得胜。取舍既明，自能制胜，反是必败。

◎ 东敲西击定成功。敲东击西，使敌不能两顾。若攻一边，易于敌应，且彼逸后反击。

◎ 当枰默会诸般诀，万法先机一顾中。

清·施襄夏

159

对局展示

黑方：_____ 时间：_____

白方：_____

胜负：_____

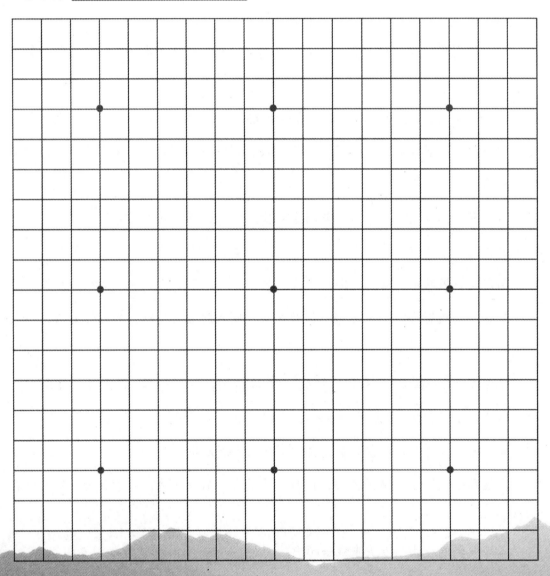

打劫记录：

对局简评

技术层面 _____

_____

心理层面 _____

_____

_____

思维层面 _____

_____

_____

认知提升 _____

_____

_____

成长感悟 _____

_____

_____